死の運命を回避するために、未来の大公様、私と結婚してください！　下

Mashimesa Emoto
江本マシメサ

Illustration:Ichino Tomizuki
冨月一乃

CONTENTS

死の運命を回避するために、未来の大公様、私と結婚してください！　下

第一章　父の死の謎を追って

幼少期より予知夢能力を持っていた私、〝盾の一族〟シルト大公家の娘エルーシアは、ある日とんでもない夢を〝みた〟。

それは、古くよりライバル関係にある〝剣の一族〟、シュヴェールト大公家の当主、クラウスに殺される夢だった。

そのときの私は、クズでいいところなしの男ウベルと婚姻関係にあり、彼と継母イヤコーベ、継子ジルケが犯した罪をなすりつけられていたのだ。

もう何もかも終わりだ。

これ以上生きたって仕方ないと思った私は、粛清《しゅくせい》にやってきたクラウスに殺してくれるよう懇願《こんがん》した、というわけである。

目覚めた瞬間、絶望しかない未来に冷や汗が止まらなかった。

未来を変えないと、とんでもないことになる。

そう判断した私は、イヤコーベと父の再婚だけでも阻止しなければならないと決意。

けれど父は再婚しないと約束したのに、舌の根の乾かぬうちにイヤコーベとジルケを家に連れ帰ったのだ。

イヤコーベとジルケがやってきてからというもの、私は行儀見習いと称して、下働きを命じられるようになった。

そんな環境下だったから、家から脱出し、ひとり暮らしをすることを夢見た。

しかしながら、絶望的な予知夢をみてしまう。

家を出ても、ウベルが地の果てまで私を追いかけてきて、連れ戻してしまうのだ。

何度ももがく中で、私は母が遺《のこ》した遺品をイヤコーベとジルケに奪われるという予知夢でみた未来から現実を変えることに成功した。

代償として大量の吐血と目眩《めまい》に襲われたものの、大切な物を死守したのだ。

未来は私の行動次第で変えられる。私の将来が明るく照らされた瞬間であった。

ウベルとの結婚は、ジルケの私が与えられたものをなんでも奪ってしまう性格を利用した。

私がウベルに恋い焦がれる様子を見せれば見せるほど、ジルケはウベルを欲しがった。

その結果、ジルケは父に「ウベルと婚約したい」と望み、その結果、ふたりは婚約した。

ホッとしていたのも束《つか》の間のこと。

床下収納に隠していた母の遺品をイヤコーベとジルケに、すべて奪われてしまった。

どうあがいても、予知夢でみた未来は変えられないものなのか。どうしたものかと考えた結果、私は未来のシュヴェールト大公となるクラウスと結婚すればいいのだと気付く。

クラウスと会おうと画策する中で、さまざまな騒動に巻き込まれる。そんな中で、彼と出会った。

クラウスは予知夢でみたときほど恐ろしくなかったものの、黒髪と赤い瞳を持っているからか迫力があった。

ただ、彼は彼なりの正義感を持ち、間違ったことはしないし、公平でやましいところがなく、堂々とした人物だったのだ。

彼の傍《そば》にいたら、罪をなすりつけられて惨めな思いなどしないだろう。そう確信し、結婚してほしいと頼みこんだ。

しかしながら、クラウスの答えは「お断りだ」だった。

それでも私は食い下がる。イヤコーベとジルケ、ウベルがいるような家で生涯を終えたくなかったから。

その後も、最悪な出来事が続いた。

社交界デビュー用のドレスをジルケに奪われたり、ジルケのドレスを破いたという冤罪《えんざい》をかけられたり、その罰として鞭《むち》打ちを受けたり……。

鞭打ちの傷から雑菌が入り、熱を出してしまう。そんな中で洗濯を命じられ、私は倒れた。

幸いにも、情報のやりとりをしていたパン屋のおじさんに助けられ、私は中央街のミミ医院に運ばれた。

元気を取り戻した私はそこで働くこととなったのだが、ジルケが破った社交界デビュー用のドレスを修繕しようとする中で、クラウスと再会する。

クラウスの馬車が私のドレスを轢いてしまったことをきっかけに、コルヴィッツ侯爵夫人の屋敷でお世話になるようになったのだ。

無事、社交界デビューできることとなった私は、会場の大広間でとんでもない事態を目にするはめになった。

あろうことかウベルとジルケは婚約破棄してしまったのだ。

その場面を目撃しただけでも最悪なのに、ウベルはさらなる最悪の申し出をしてくる。

私との結婚を望んだのだ。

ジルケと上手《うま》くいかなかったからといって、私に結婚を申し込むなんて。呆《あき》れたの一言である。

結局、運命は変えられないのか。私は絶望と死を迎えるしかないのか。

今すぐ逃げ出したいのに、銅像のように固まって動けない。

もう終わりだ――そう思った瞬間、クラウスが私のもとに現れた。それだけでも驚きなのに、彼は私との結婚をウベルに宣言してくれた。

そんなわけで、私はクラウスの婚約者となったのだった。

今度こそきっと最悪な未来から逃れられたはず。そう思った次の瞬間、父の死が知らされた上に、隣国を旅行していた兄が終身刑になったと告げられる。

父は突然死だと医者は判断したようだが、後頭部に人が殴ったような痕があったらしい。

そして詳しく調査をしようとしていたところ、遺体は何者かに奪われていたという。

頭が痛くなるような事件が次々と起こった。

その後、奪われないようにと回収にいった〝ヒンドルの盾〟が消えてなくなったり、盗まれたレーヴァテインをクラウスが奪還したらシュヴェールト大公に任命されたりと、さまざまな出来事があった。

これからも苦難はたくさん訪れるだろうが、クラウスと一緒ならば大丈夫。

不思議と、そう思えるのだ。


朝――眠る私の頬をむにに、むにむにと遠慮がちに押す輩《やから》がいた。

うっすら瞼《まぶた》を開くと、巨大な猫と目が合う。クラウスの愛猫《あいびょう》アルウィンであった。

彼はこうして、私をほどよい時間に起こしてくれる。目を擦りつつ起き上がると、侍女が寝室の扉を叩いて中へと入ってきた。「おはよう」と声をかけると、アルウィンも続けて「にゃあ」と鳴く。

「おはようございます、エルーシア様、アルウィン様」

侍女が運んできてくれた濃いめに淹《い》れた紅茶で、私の一日は始まるのだ。

コルヴィッツ侯爵邸にやってきてから、早くも八ヶ月ほど経《た》った。

クラウスから案内された日は雪が降り積もる季節だったが、今は庭の木々が紅葉しつつある。

本来であれば、結婚式の準備で忙しい期間だが、父が亡くなったことにより一年間喪中となった。結婚は先延ばしになったというわけである。

今は慈善バザーで売るクッキーを焼いたり、庭の栗を拾ってマロングラッセを作ったり、婚礼用のドレスに刺繍《ししゅう》を施したりと、比較的のんびり過ごしている。

今日は何をしようか、なんて考えていたら、クラウスから呼び出される。

アルウィンと共に、彼の執務部屋に移動した。

「クラウス様、お話とはなんですの？」

窓辺に腰かけたクラウスが、隣の位置を手で叩く。まずは座れと言いたいのだろう。

アルウィンはチャンスだとばかりに、クラウスが普段座っている椅子に跳び乗って丸くなる。困ったことに、彼はここの位置がお気に入りなのだ。

クラウスの隣に座り、彼の顔を見上げる。

銀色の髪を持って生まれることが多いシュヴェールト大公家の男子であるものの、彼は唯一の黒髪の持ち主だった。さらに、姦通罪《かんつう》、極悪の象徴とも言われている緋色《スカーレット》の瞳を持つことから、〝悪魔公子《あくまこうし》〟と呼ばれていたのだ。

初めこそ、彼と目が合うと恐ろしいと思う瞬間があったものの、今は慣れっこである。

近寄りがたい雰囲気があるものの、ごくごく普通の口数が少ないだけの不器用な青年なのだ。

そんなクラウスは、シュヴェールト大公家の宝であるレーヴァテインを使いこなしたことから、当主として任命された。まだ、他に継承権を持つ直系男子がいるにもかかわらず、枢密院の諮問委員会で反対意見など出なかったらしい。

それも無理はないだろう。

クラウスは国王陛下直属の部隊、鉄騎隊《アイアンサイド》の隊長で、これまでに多くの実績を残していた。

さらに、レーヴァテインが認めたとなれば、誰も文句は言えないだろう。

ただひとり、クラウスよりも継承順位が高かったヨアヒムは面白く思っていないだろうが。

一度、クラウスは面会を申し込んだようだが、無下にも断られてしまったらしい。

本家の者達とは連絡が取れないという。

分家出身のクラウスが当主に選ばれてしまったので、気まずい部分もあるのだろう。

そんな彼だが、ここ最近は私に対する態度が軟化していた。時折、甘い顔を見せる瞬間もある。

一方、私は彼の好意に対しどぎまぎするばかりで、いつまで経っても慣れないでいた。

こんな立派な男性が私と結婚してくれるなんて、いまだに信じられないからかもしれない。

それにしても、クラウスはいったい私のどの部分を気に入ってくれたのか……。

どうやら彼を見つめ過ぎてしまっていたようで、不意打ちで頬にキスをされてしまった。

「ひゃあ！」

頬を押さえ、少し距離を取る。クラウスは平然としていて、何か、という表情で私を見ていた。

「な、何をなさるのですか！」

「キス待ちかと思ったから」

「違います‼」

まだ頬にするだけ良心的なのか。いやいや、騙《だま》されてはいけない。

結婚前の男女がふたりきりになるのはよくない、なんて話を耳にすることがあるのだが、こうなるのだなと身をもって痛感した。

「それで話だが――」

何事もなかったかのように話し始めるので、仕返しをしてやろう。

そう思ってクラウスに接近し、頬にキスをしようとした。

だが、何かを察したクラウスがこちらを向いたので、唇にキスしてしまう。

大慌てで離れたが、遅かった。しっかりキスしてしまったわけである。

「エルーシア、大胆だな」

そう言いながら、クラウスは唇を指で拭う。私の口紅が付着したようだ。

「ち、違います。わたくし、仕返しのつもりで頬にキスをしようとしたのに、クラウス様がこちらを向いてしまったので、唇にしてしまったのです」

「私が悪いのか？」

「クラウス様が悪いです！」

「そうか。悪かった」

ひとまず、クラウスに責任を押しつけておく。

恥ずかしいのでこのまま撤退したかったが、まだ話を聞いていない。

最大限に距離を取り、クラウスの話に耳を傾ける。

クラウスは冊子状になった報告書を手渡してきた。

それは、父の死についての調査結果をまとめたものであった。

「騎士隊が担当したものだから、遅くなった。鉄騎隊であれば、ここまでかからなかっただろうが」

なんでも表沙汰になった事件は騎士隊が調査を担当し、表沙汰にできない事件は鉄騎隊が担当するのだという。

兄が隣国で起こした事件については、世間に知れ渡ったら国家間の問題となる。そのため、鉄騎隊が隣国に潜入し、秘密裏に調査する必要があったようだ。

「まず、シルト大公の遺体は、見つけられなかったらしい」

「そう、でしたか」

もうすでに、どこかで処理されているのだろう。

父はイヤコーベと再婚したので母と一緒に埋葬するつもりはなかったが、それでもこういう結果になって残念に思う。

「それから遺産相続についてだが、シルト大公家の財産は現在、凍結されているようだ」

「まあ！　どうしてですの？」

「シルト大公に大量の借金があり、それの手続きをし終えなければ自由に使えないそうだ」

「お父様が借金を？　まさか！　何かの間違いですわ！」

なんでも父の死後、大量の借用書が発見されたらしい。

慎重過ぎる性格の父が借金をするほどお金を使い込むなんてありえない。きっと、イヤコーベとジルケが作った借金なのだろう。

死人に口なしと言えばいいのか。都合が悪いことのすべてを父に押しつけたに違いない。

「次に、シルト大公家から家具や植物などが持ち出され、転売された件については、すべて使用人の仕業だということになっている」

私達はあの日の晩、はっきり見た。イヤコーベとジルケが使用人に指示を出し、シルト大公家の財産を運び出しているところを。

もちろん、使用人達も自らの判断で庭の樹木などをこっそり持ち出していたものの、盗みを働いていたのは彼らだけではなかった。

あの母娘《おやこ》は、自分達の罪を使用人になすりつけたのだ。

「使用人は騎士隊に拘束され、今現在、シルト大公家に人の出入りはないらしい」

まさか実家がそんな状況になっているなんて、思いもしなかった。

これからどうすればいいのか。

彼女らが陣取っていたら、遺産相続の手続きだってまともにできない。

調査は終了したと言っていた。イヤコーベとジルケはこのまま野放しにされるというわけなのか。

「今後の調査は、鉄騎隊に任されることとなった」

「調査は終わりではありませんの？」

「終わらせるつもりはない。陛下も許してくださった」

犯人が判明するまで、クラウスは諦めずに調査するという。

「次なる作戦はこれだ」

そう言って私に手渡したのは、シルト大公家の使用人を募集する求人書だった。

それにはシルト大公家で働くための条件が書かれていた。

給与は一日銅貨一枚、仕事内容は家事全般、事務作業。住み込み可で、休日は十日に一回。

「こ、これは……」

「酷《ひど》い条件だろう？　これまでひとりも応募がなかったらしい」

下働きのメイドでも、貴族の家に勤めるならば一日半銀貨ほどは出る。年収にして金貨十枚ほどだ。

銅貨一枚なんて、奴隷扱いもいいところだ。

まあ、私は銅貨一枚すらもらえずに、行儀見習いと称してひたすら働いていたのだが。

「シルト大公の殺害及び、財産の横領についての証拠は、屋敷の中に隠されているに違いない」

騎士隊が家宅捜索をしたようだが、そのときは見つからなかったようだ。

「しかし、イヤコーベやジルケが、騎士隊の厳しい捜索をかいくぐり、上手く立ち回れるほど器用ではない気がするのですが」

「十中八九、ずる賢い協力者がいるに違いない」

「ああ、なるほど」

「そこで、だ――」

クラウスはさらに二枚の書類を私の目の前に出す。

それはシルト大公家で働くための、ふたり分の採用通知書であった。

ひとりはマリー・ローゼ、十八歳。もうひとりはロビン・ローゼ、二十歳。

ふたりは夫婦で、住所は王都から遠く離れた辺境にある小さな村であった。

「彼らに、潜入調査を頼むのですか？」

「いいや、潜入するのは私達だ」

実在しない人物を作って申し込んだらしい。面接など特にないまま、採用通知が届いたようだ。

「変装し、シルト大公家に使用人として潜入する。その中で、証拠を捜したい」

「クラウス様、わたくしも行きたいです！」

「そう言うだろうと思って、ふたり分用意しただろうが」

「最初から、わたくしを連れていってくださるおつもりだったのですか?」

「そうだ」

住み慣れた私だからこそ、気付ける違和感もあるのだろうと判断してくれたらしい。家で大人しくしているように言われるものだと思っていたのだが。

私をちゃんと鉄騎隊の一員として扱ってくれるのか。そうだとしたら、これ以上嬉しいことはないだろう。

「クラウス様、ありがとうございます」

「ただ、ひとつ約束してほしい」

「なんですの?」

「可能な限り、私の傍から離れないように」

「それはもちろんです」

ただ働くとなれば、常にふたり一緒に、というわけにはいかないだろう。

その点は、クラウスも考えていたようだ。

「アルウィンも連れていく。そうすれば、エルーシアにべったりだろうから」

家にいるとき、アルウィンはいつも一緒だ。今はお昼寝の時間なのでいないが、起きている時間は私から離れない。

アルウィンは普通の猫よりも一回り以上大きいので、連れて歩くだけでも頼りになるだろう。

「猫はイヤコーベが嫌がると思うのですが」

「あの者は、猫が嫌いなのか？」

「ええ、まあ」

以前、屋敷に鼠《ねずみ》が出たときに、侍女のヘラが「猫でも連れてきましょうか？」なんて提案をした。

そのさいに、イヤコーベは顔を引きつらせながら「冗談じゃない！」と激昂《げきこう》したのだ。

なんでも幼少期に猫に引っ掻《か》かれて痛い目に遭ったことがあるようで、苦手意識があるらしい。

「猫の連れ込みを禁じるようであれば、今回の話はなかったことにと引き下がればいい。あの母娘はすでに後がないから」

「後がない、というのは？」

「職業斡旋《あっせん》所に求人登録金を払っていなかったらしい。最後までしらばっくれたものだから、出入り禁止になったようだ」

「でしたら、もう使用人の求人は出せない、というわけですのね」

「そうだ」

なるほど。イヤコーベとジルケ母娘にとっては、使用人としてやってくる私達は逃がしたくない相手だというわけなのだ。安心して、アルウィンを連れていけるというわけである。

「話はシルト大公家への潜入についてに戻るのだが――」

シルト大公家に紛れ込むさい、変装をするという。

特に私はバレないように、徹底的に姿を変える必要があるのだ。

「瞳の色を誤魔化《ごまか》すために色入りの眼鏡《めがね》をかけて、髪は目立たない色で染めてもらう」

「でしたら、わたくしは黒にしますわ。クラウス様とお揃《そろ》いです」

「いや、私も別の色に染めるつもりなのだが」

「お揃いで行きましょうよ」

クラウスは社交場に出入りしていないため、顔が割れていない。前回、社交界デビューの夜会に現れたときも、頭巾を深く被《かぶ》っていた上に顔は血まみれだった。

ジルケもはっきり記憶していないだろう。

黒髪は世間的には珍しいが、それだけでクラウスだと気付くほどイヤコーベやジルケは用心深い性格ではない。それに、シュヴェールト家の大公閣下が一日銅貨一枚の求人にやってくるとは夢にも思わないだろう。

「真っ黒い髪をした悪魔夫婦が、悪行を重ねる母娘を追い詰める——なんて、ぴったりだと思いませんか？」

「言われてみればそうだな」

異論はないようなので、さっそく準備に取りかかる。

私は侍女達に髪を染めてもらい、変装用の化粧を教えてもらう。

「そばかすを書くならばこちらの化粧品がよろしいかと」

「この白粉《おしろい》は顔色を悪く見せる効果がございまして」

なんだか楽しそうに、いろいろ教えてくれた。

そんな様子を、アルウィンは寝転がりながら見ていた。

私やクラウスだけでなく、アルウィンの毛並みも黒だ。もしかしたらイヤコーベは、悪魔みたいな猫だと言うかもしれない。

私にとっては、天使のように愛らしい猫ちゃんなのだが。

二時間後——髪はきれいな黒に染まる。

「ああ、エルーシア様の美しい金の御髪《おぐし》が……」

「しかし、黒もお似合いです」

「ありがとう」

鏡で見た黒髪の自分は悪くなかった。これに加えていつもと違う化粧を施したら、別人のようになるだろう。

髪は野暮ったく三つ編みのおさげにし、使い込まれたシャツにワンピースを合わせ、その上からエプロンをかけた。

「どうでしょうか？」

侍女達を振り返ると、微妙な表情でいる。上手く変装できている証拠だろう。

アルウィンはベルベットのリボンを解《ほど》く。こんなものを結んでいたら、お金持ちに飼われている猫のようだから。

リボンを外したアルウィンは、普段よりも野性味が強く見えた。

私達だけでなく、アルウィンも潜入のために変装するのだ。

住み込みで働くので荷物をまとめ、アルウィンと共に裏口に向かう。

そこには、変装したクラウスの姿があった。

「まあまあ、どなたかと思えば――！」

目元は前髪で隠し、髪はぼさぼさ。襟や裾がよれたくたびれたシャツに使い込んだズボン、汚れたブーツを合わせた姿でいるクラウスが佇《たたず》んでいた。

「クラウス様、まるで別人のようですわ」

「エルーシアも」

差し出された手を握ろうとしたら、そちらではないと言われてしまう。

「鞄《かばん》のほうを寄越《よこ》せ」

「そういうことでしたのね」

「喋《しゃべ》りもどうにかしないと、バレる」

「わかりま……わかった」

ジルケやイヤコーベ、ヘラが使っていたような、無骨な喋り方や振る舞いを心がけないといけないようだ。

コルヴィッツ侯爵夫人も、見送りにきてくれた。

「ふたりとも、気を付けてね」

任務について詳しく話せないのだが、追及することなく送り出してくれた。

おそらく、そんなに長くはいないだろう。そう伝えると、コルヴィッツ侯爵夫人は淡く微笑《ほほえ》んでくれた。

「行くぞ」

「はい」

乗り合いの馬車で行こうとしたのだが、アルウィンは乗れないと言われてしまった。

仕方がないので、徒歩で向かうこととなった。

アルウィンは犬用の散歩紐《ひも》に繋《つな》いでいるのだが、道行く人達からギョッとされてしまう。

野性の大型猫と勘違いされるが、間違いなく家猫だ。

そんな周囲の反応などアルウィンはお構いなしのようで、めったにできない外歩きを楽しんでいるように見えた。


やっとのことでシルト大公家の門の前まで辿《たど》り着くと、なんとも言えない気持ちになる。

ここは本当にシルト大公家なのか。

屋敷が見えなくなるほど木々が伸び、鬱蒼《うっそう》とした雰囲気になっている。塀は汚れているというよりも、汚されたといえばいいものか。泥や卵などが投げつけられているように見える。

どこからともなく悪臭がするのは、周囲に捨てられた生ゴミのせいだろう。

人よりも鼻が利くアルウィンは、不快そうな声で「にゃあ」と鳴く。

「あの、もしかしなくても、イヤコーベとジルケは嫌がらせを受けているの？」

「みたいだな」

中に入ることができないよう、正門は鎖で縛られていた。これはイヤコーベがしたのか、それとも外側から誰かがしたのかは謎である。

「裏口から行きましょう」

「ああ」

塀に沿ってくるりと回りこむと、今度は別の嫌がらせを発見した。

木の扉には〝使用人に罪をなすりつけるな‼〟とペンキで書かれている。どうやらこの嫌がらせは、かつてここで働いていた使用人達の仕業に違いない。

さらに、腸みたいな細長い肉塊が落ちていて、ゾッとしてしまう。人の物でありませんように、と祈るばかりだ。

いや、人の物でなくても大問題だが。

中に入ると、雑草だらけの裏庭に言葉を失う。ここでこの有様なのだから、正面にある庭も酷い状態なのだろう。

他に使用人はいないと思われるので、正面玄関に回りこむ。

かつて美しかったシルト大公家の庭は予想通り、雑草だらけになっていた。

それだけでなく、ゴミが持ち込まれて酷い有様だ。悪臭どころの騒ぎではない。

見ているだけで辛《つら》くなるので、なるべく視界に入れないように歩く。

玄関にはペンキで〝悪女母娘〟と書かれてあった。使用人達はよほど恨みに思っているのだろう。

その気持ち……よくわかる。なんて、共感している場合ではなかった。

久しぶりにイヤコーベやジルケと対峙《たいじ》するのだ。腹をくくっておこう。

このような報復を受けているので、さすがに落ち込んでいるかもしれないが……。

クラウスが扉を叩くが、反応はない。もう一度、強く叩いたら、二階の窓が開く音が聞こえた。

何事かと玄関を離れ、二階部分を覗《のぞ》き込むと、空から水が降ってきたではないか。それを被る前に、クラウスが私を抱き寄せてくれた。

ばしゃりと音を立てて、水が地面に広がる。

よくよく見たら水ではなく、水で薄めたペンキだった。こんなものを二階からぶちまけるなんて、どうかしている。

「金を借りた男は死んだよ!! さっさとお帰り!!」

イヤコーベの威勢がいい声が庭に響き渡る。どうやら元気いっぱいな様子で暮らしているようだった。報復を受けて意気消沈しているかも、と思っていたものの、杞憂《きゆう》だったらしい。

借金取りと勘違いされているようなので、誤解のないように弁解しておく。

「あの、私達は借金取りではないわ」

今日からここで働く者だと訴えると、イヤコーベは「そこで待ってな!」と叫んだ。

人違いしてしまった件に関しての謝罪は一言もない。人は簡単に変わらないのだ、と痛感してしまった。

待つこと十分――イヤコーベとジルケがやってきた。

父が生きていた頃は比較的大人しめの恰好《かっこう》だったが、今は赤や黄色といった派手な装いでいる。

夫が亡くなった妻は、最低一年間は喪服で過ごす。中には生涯、喪服しか着ない貞淑な妻もいるというのに。

それに比べてイヤコーベときたら……呆れて言葉も出ない。

着ているドレスはどこか安っぽい。いいドレスを買うお金すらないのか。

「ふうん、あんたらがローゼ夫妻か」

イヤコーベとジルケは不躾《ぶしつけ》すぎる目で私達を見る。

変装は完璧なのでバレないだろうが、こうしてジロジロ見られるのは居心地《いごこち》が悪い。

「パッとしない、あか抜けない夫婦だねえ」

「本当に。っていうか、なんか臭うんだけれど！」

臭うのは庭に投げ捨てられたゴミのせいで、私達から臭っているのではない。

けれどもぐっと我慢し、申し訳ないと頭を下げる。

それにジルケが気分をよくしたのか、さらに見た目を非難し始めた。

「女のほうはやせっぽっちで、男のほうはガタイはいいが不細工だ」

クラウスが不細工だって⁉

彼の国宝級に端整な顔立ちを知らないので、そんなことが言えるのだろう。

好みの問題もあるだろうが、私は社交界でクラウス以上の美形を知らない。

ジルケとは趣味がこれっぽっちも合わないのだろう。

一方、イヤコーベはヘビのような眼差《まなざ》しでクライスを見つめた結果、とんでもないことを言い出す。

「いいや、ジルケ、男のほうは案外見所がある。磨いたらよくなりそうだ。男の――名前はなんだったか？」

「ロビン」

「そう、ロビン。こっちにきて、顔をよく見せるんだ」

呆れた。他人の夫に色目を使うなんて。

ぎゅっと拳を握った瞬間、玄関の前で大人しくしていたアルウィンが中へ入ってくる。

「にゃ～お」

「ぎゃあああ!!　猫!!」

イヤコーベは素早く背後に跳び、ジルケの背後に隠れる。

「ちょ、ちょっと、あたしも猫は得意じゃないんだけれど！」

「いいから、そこに立ってな！」

相変わらず、イヤコーベは猫が苦手なようだ。

「そ、その猫はなんなんだ!?」

「私達の家族よ。田舎から、連れてきたの」

「お、追い出しなさい！　今すぐに！」

「それは無理な話だわ。この猫は、家族なのよ」

「猫が家族なわけない!!」

イヤコーベは否定するが、アルウィンは正真正銘、私とクラウスの家族だ。

「その猫を追い出さないと、あんたら夫婦も家に入れないよ！」

「だったら――」

クラウスのほうを見ると、こくりと頷く。

回れ右をして屋敷から出て行こうとしたら、イヤコーベは慌てた様子で引き留める。

「いや、待て！　どこに行くんだ！」

「だって、猫は入れないというから、別の職場を探そうと思った次第だ」

別の職場、と聞いたイヤコーベはさらに焦った表情を浮かべる。

「いや、あんたら夫婦みたいな田舎者を雇う家なんて、ここ以外ないんだよ！」

「そうよ！」

母娘が強気になってきたこの辺で、引き下がろうか。

「だったら、猫を認めてちょうだい。お願いよ」

「そ、それは、認められない、けれど」

「給料は一日、半銅貨でいいから」

その言葉に、イヤコーベの眉がピクリと動く。

借金まみれで資金繰りにも相当困っているはずだ。この値段交渉は彼女達にとってかなりおいしいだろう。

イヤコーベは喧嘩《けんか》腰の態度になっていたジルケを下がらせ、手のひらをくるりと返す。

「そうだね。半銅貨ならば、その猫を入れていいよ」

「ありがとうござ――」

「ただし、二度と私の目の前に連れてくるんじゃないよ！」

イヤコーベは吐き捨てるように言い、あとの世話をジルケに命じる。

使用人の監督を任されたことが嬉しいからか、ジルケはにやついていた。

「じゃあ、あんた達の部屋に案内するよ」

ジルケが連れてきた先は、階下にある使用人用の仮眠室だった。地下なので窓がなく薄暗い。粉雪が薄く積もっているように埃《ほこり》を被っていて、長い間使っていないことがわかる。

アルウィンは埃を吸ってしまったのか、くしゃみをしていた。

「ここで、夫婦仲良く暮らすんだよ」

夫婦仲良く――と言われ、今さらながらハッとなる。夫婦設定なので、クラウスと共同生活をしなければならないようだ。

よくよく見たら、寝台はひとつしかない。ふたり用みたいだが、ここにクラウスと眠らないといけないのか。

まだ結婚していないのに、夫婦として暮らさないといけないなんて。とんでもない任務を引き受けてしまった、なんて今さら思う。

「本格的な仕事は明日からでいいよ。今日のところは洗濯とあたし達の部屋の掃除、それから夕食を用意してくれ」

十分、本格的な仕事だったが、私は笑顔で「ええ、わかったわ」と言葉を返した。

「わかったわってあんた、言葉遣いがなってないないね！」

「言葉遣いなんて習っていないもので。よかったら、正しい言葉遣いを教えてくれない？」

ジルケは私に勉強する時間を押しつけるまで、礼儀作法を習っていたはずだが、まったく身についていないようだった。

私が正しい言葉遣いを教えてくれと言っても、言葉に詰まっている。

「あんたみたいな使用人が、貴族の言葉を使いたいなんて生意気なんだよ!!」

ジルケは吐き捨てるように言い、部屋から去っていった。


実家の現状は思っていた以上に酷いものだった。

何から手を付けていいものかわからないという私に、クラウスが指示を出す。

「ひとまずここの部屋をなんとかしなければならない。マリー、手伝ってくれ」

マリーと呼ばれ一瞬ポカンとしたものの、すぐに偽名を思い出す。

私の今の名は、マリー・ローゼだ。そして、クラウスはロビン・ローゼ。設定をしっかり頭に叩き込んでおかないと。

「それにしても、酷い部屋ね」

「想像していた以上に劣悪な環境だな」

「ええ……。そういえばあなた、お掃除はできるの？」

「騎士隊の見習いのときや寄宿学校時代、掃除の仕方を習っている。それだけでなく、洗濯や炊事も可能だ」

「そうだったんだ」

箱入りのお坊ちゃんだと思っていたが、騎士隊や寄宿学校での指導のかいあって、身の回りのことは自分でできるらしい。

「心配はいらない」

「わかった」

ひとまず掃除を開始しよう。

もともとここで働いていたので、掃除道具の場所や井戸の位置もしっかり把握していた。

クラウスと協力し、部屋を掃除する。

その間、アルウィンは廊下に避難していた。猫の手も借りたいような状況であるものの、アルウィンは箱入り猫である。掃除なんかできるわけがなかった。

床に水を流し、ブラシで磨くところから始めたのだが、一時間くらいかかった。

クラウスは案外きれい好きのようで、丁寧に掃除していた。私も見習いたいと思う。

部屋にあった布団や毛布はカビが生えていて使えそうにない。新しい物を貰《もら》う必要があったが、この屋敷にまともな寝具があるとは思えなかった。

「これから街に買いに行くか」

イヤコーベとジルケの夕食もついでに買ってこようという話になり、鍋を借りるために厨房《ちゅうぼう》を覗き込む。

「こ、これは……！」

「ここも酷いな」

厨房は洗い物の山ができ、生ゴミを捨てていないのか酷い臭いだった。

床は油でベトベトで、見ているだけで気持ち悪くなる。

アルウィンは不快だとばかりに、「にゃ～～」と低い声で鳴いていた。

「鍋の発掘はできるかしら？」

「街で買ったほうが早い」

そんなわけで、物置に収納されていた荷車をクラウスが引き、街へと出かけることにした。アルウィンは屋敷に置いていかれたくなかったのか、荷車に跳び乗る。

「マリーも乗ればいい」

「私は平気よ。商店街まで歩くわ」

「乗ってくれたほうが早く到着するが」

乗れ、と目で訴えるので、荷車に乗る。

がた、と大きく揺れたので、「きゃっ！」と悲鳴をあげてしまった。

「馬車よりも乗り心地は悪いだろうが」

「いいえ、大丈夫。ありがとう。あの、私が乗っていても、重たくない？」

「ぜんぜん重たくない」

「そう、よかった」

巨大猫であるアルウィンには街中で目立たないよう、布を被せてあげた。それが心地よかったのか、すぐに眠ってしまう。

ピイピイとかわいらしい寝息を立てつつ熟睡しているようだった。荷車の揺れが心地よいのだろう。

「眠るのだったら、屋敷にいてほしかったのだが」

「私達と一緒にいたかったのよ」

そういうことにしておく。

クラウスの引く荷車に乗り、私達は商店街を目指したのだった。

夕方にさしかかるような時間だからか、人の行き来が多い。

まず、明日使う食材を購入した。野菜に肉、パンにバター、それから私達が使う寝具なども買った。アルウィンが眠る隙間に荷物を詰め込んでも無反応だった。

だんだんと私が座るスペースがなくなったので、歩くことにした。

途中、金物店で鍋を購入する。これにイヤコーベとジルケのスープを買って、注いでもらうのだ。

「この鍋、きれいに洗わなくても平気かしら？」

「大丈夫だろう」

ちなみに、食材や鍋はシルト大公家へのまとめ払いにしようと思っていたのだが、受け付けてもらえなかった。

なんでも、イヤコーベとジルケは何度も代金を踏み倒しているらしい。そのため、多くのお店で出入り禁止となっているようだ。

青果店のおかみさんが果物を詰めつつ、謝罪してきた。

「あんた、新顔だろう？　悪いねえ」

「いいえ」

精肉店のご主人はイヤコーベが注文したパーティー用の肉、総額金貨三枚を支払ってもらえなかったらしい。腹いせに毎日ゴミを捨てにいっているようだ。屋敷の周辺にあった腸の謎が解明した。

人の腸でなくてよかった、と心から思う。

「あんた達も、あの屋敷に長居するんじゃないよ。酷い目に遭うから」

「ええ、そうします」

結局、代金はクラウスがすべて支払ってくれた。

日が落ちていくにつれて市場は次々と店じまいし、代わりに食べ物を売る屋台が軒を連ねる。辺りも暗くなっていき、ガス灯がポツポツと灯《とも》されていった。

すぐ近くにあった食堂で鶏肉のスープを購入し、こぼれないよう布に包んでおく。

「次は、俺達の夕食だな」

「ええ。どうする？」

荷物はあるし、アルウィンがいる。食堂に入ってのんびり食事、というわけにはいかないだろう。

「屋台で何か買うか。立ち食いになるけれど、いいのか？」

私は行儀見習いをしていた時は基本、立って食事を取っていた。のんびり座って食べる暇なんてなかったからだ。

そんな事情を打ち明けると、クラウスは険しい表情を浮かべつつ「あの母娘、生かしてはおけない」と物騒な言葉を呟《つぶや》く。

「私はいいとして、あなたは大丈夫なの？」

「俺も、任務中は立ち食いだった」

「なら平気ね」

いったい何を食べようか。大通りにはたくさんの屋台が並んでいた。

「私、こういうところに来るの、初めてなの」

「来たことがあったら、大問題だがな」

「それもそうね」

貴族のご令嬢は、屋台で立ち食いなんてしてはいけないのだ。

今回の潜入任務で、こういう世界があるのだと勉強になったというわけである。

屋台には果物に飴《あめ》を絡めたものに、串焼き肉、肉団子にスープと、さまざまな料理があるようだ。

「どれを食べたい？」

「うーん。正直に言うと、どれがおいしいのかわからないの。だから、あなたが選んでちょうだい」

「わかった」

クラウスが買ってきてくれたのは、ひき肉を包んだ揚げパンに、蒸したジャガイモにチーズソースをかけたもの、それからリンゴにチョコレートを絡めたものだった。

飲み物は葡萄《ぶどう》ジュースに香辛料を混ぜたスパイシーなもの。

人が少ない場所まで移動し、温かいうちにいただく。

揚げパンは肉汁が溢《あふ》れており、あつあつだったので口の中を火傷《やけど》しそうだった。チーズソースがかかったジャガイモは濃厚な味わいで、あっという間に食べてしまう。

リンゴのチョコレート絡めは見た目ほど甘くなく、リンゴの酸味と相まって、とてもおいしかった。

「マリー、屋台料理はどうだった？」

「とってもおいしかったわ！」

「そうか、よかった」

前髪をかき上げたクラウスは、穏やかな表情だった。普段はクールなので、ときおり見せる優しい声や仕草にきゅんとしてしまう。

今は任務中で、ドキドキしている場合ではないのだけれど。

最後に、香辛料入りの葡萄ジュースで喉を潤す。

ジュースが入っていたカップは代金に含まれており、持ち帰ってもいいらしい。お店に返すと、銅貨一枚半ほど戻ってくるようだ。私達の日給よりも高いカップであった。

「ねえ、このカップ、返してくる？」

犬の絵柄が描かれていて、なかなか可愛《かわい》らしいカップである。クラウスとは色違いであった。

「いや、いい。どうせ屋敷には、俺達が使えそうなカップなんてないだろうから、そのまま使おう」

「いいわね」

初めて持つ、お揃いのひと品であった。これ以外にも生活に必要な物はありそうだが、そろそろ夕食を持っていかないと文句を言われそうだ。

「もう帰りましょうか」

「そうだな」

クラウスは荷物を整理し、空いた隙間に私を乗せる。そしてクラウスが引く荷車で帰ったのだった。

◇◇◇

帰宅後、食堂で待つイヤコーベとジルケに、街で買ったスープとパン、果物を運んで行く。もちろん、クラウスも一緒だ。

メニューを見た瞬間、ジルケが抗議する。

「なんだ、これだけ？」

言うと思っていた。

食堂にはすでに食材がなく、窯に入れる薪《まき》すらなかったのに、どうやって料理を作れというのか。

「ごめんなさい。夕食の材料がなくて、私達が持ってきたもので作ったの」

街に買いに行ったと言ったらさらに文句を言いそうだったので、精一杯用意したことをアピールする。

イヤコーベはスープを一口ズズズ、と音を立てながら飲むと、くすくす笑い始める。

「嫌だねえ。王都で買った食材じゃないからか、あか抜けない味だねえ！」

「本当に！　なんなの、この野暮ったさは！」

このあか抜けなくて野暮ったい味のスープは、王都で人気の食堂で買ったものだ。

貴族も訪れるほどの有名店なのだが……。

なんて言ったら、陰険な仕返しをされるに違いない。深々と頭を下げつつ謝罪した。

「あか抜けなく、野暮ったいスープを用意してしまい、申し訳ありませんでした」

私の謝罪を耳にしたクラウスが、イヤコーベとジルケの母娘に背を向け、ぶるぶると震えていた。

きっと、笑うのを我慢しているのだろう。

彼女達は文句を言いつつも、パンの欠片《かけら》ひとつ残すことなく、すべて平らげた。

食器を下げ、階下まで下がった私達は、とんでもない母娘だと笑い飛ばしてしまった。

どうしてだろうか。

イヤコーベとジルケの態度は相変わらずなのに、クラウスと一緒ならばぜんぜん気にならなかった。

不思議なものである。


イヤコーベとジルケがだらだらお酒を飲んでいる間に、部屋を掃除する。

使用人がいなかったからか、ふたりの部屋も酷いありさまだった。鼠とこんにちはしたときは、ゾッとしてしまった。廊下で待っていたアルウィンに助けを求めたが、無理だと言わんばかりに「にゃ～～」と鳴いていた。結局、クラウスが尻尾《しっぽ》を掴んで、窓から投げてくれたのだ。

私は掃除を行い、クラウスは証拠品がないか探った。

クラウスは長年鉄騎隊で活動していただけあって、瞬く間に確認していく。

私宛てに届いていたお茶会の招待状や、煙草《たばこ》のカスなどは発見されたものの、父の殺害に関する証拠は発見できなかった。

「今日のところはこんなものか」

「ええ」

酒に酔ったイヤコーベとジルケは眠っていたのだが、清掃が終わったと声をかけると「遅い!!」と詰《なじ》られる。

眠っていたのだからいいのでは？ と思ったものの、口答えせずに「ごめんなさい」と謝った。

顔も見たくないと言われてしまったので、今日の仕事はこれにて終了というわけである。

労働時間は半日だけだったが、ドッと疲れてしまった。

「ロビン、お風呂にしましょう」

「ああ、わかった」

お風呂はクラウスが用意してくれた。井戸から水をせっせと運び、外にある窯に火を熾《おこ》して湯を沸かすのだ。

「もしかしてこれも、騎士隊や寄宿学校で習ったの？」

「そうだ。山での演習や、林間学校があったからな」

演習というのは模擬訓練を行うもの。過酷な環境の中で行われるらしい。二度としたくない、とクラウスは珍しくぼやいていた。

一方、林間学校というのは山や高原に行って、炊事洗濯などの普段は人任せにしている作業を自分で担当し、人と人が協力して暮らすことへのありがたみを経験する授業だという。

深夜まで騒ぐクラスメイトと同じ部屋だったようで、演習とは異なる辛さがあったようだ。

「林間学校で料理を初めてする奴《やつ》らばかりで、任せてはいられないと思い、率先して行った」

「ロビンの料理している様子なんて、想像できないわ」

「得意だが？」

鉄騎隊の潜入任務中、食堂で働いていたこともあるらしい。

なんでもターゲットが食堂のオーナーで、従業員と親しくなって噂《うわさ》話を聞くのが目的だったようだ。

厨房に立つクラウスというのは、なんだか想像できない。

「スープにパンケーキ、肉団子にパイ……ある程度は作れる」

「ロビンの作るパンケーキ、いつか食べてみたいわ」

「今度作ってやろう」

「楽しみにしているわね」

アルウィンは湯を沸かす窯に興味津々のようで、じっと覗き込んでいる。

「おい、アルウィン。あまり近付くと、髭《ひげ》を焼くぞ」

「にゃあ」

なんて話をしているうちに、お風呂が沸いたようだ。

「マリー、先に入れ」

「わ、わたくし!?」

驚きすぎて、元の口調に戻ってしまう。ここの会話はイヤコーベとジルケには聞こえていないだろうが、気を付けなければボロが出てしまうだろう。

「俺は二回目でいい。外から湯加減を調節するから」

「わかったわ」

もたもたしていたら、睡眠時間が短くなってしまう。急いで入らなければならない。アルウィンも一緒にやってきて、不思議そうに浴槽を覗き込んでいた。

服を脱いで、湯に浸かる。

壁一枚挟んだ向こう側にクラウスがいると思うと、なんだか落ち着かない気持ちになった。

「マリー、湯はどうだ?」

「ちょうどいいわ。ありがとう」

浴槽の中で、石鹸《せっけん》を使い全身を洗う。

石鹸で髪を洗うときしむのだが、平民はこうやって体を洗っているというので、実行するしかない。

お風呂に入れるだけ、まだありがたいのだ。

十分くらいで入浴を終わらせると、急いで体を拭いて寝間着を纏《まと》う。その後、泡だらけの湯を抜き、浴槽をしっかり洗った。

「ロビン、もういいわよ」

「わかった。マリーは寝室で休んでおけ。湯上がりは体が冷えるから」

「え、でも」

「いいから」

クラウスの好意に甘え、アルウィンと一緒に先に部屋に戻った。

買ってきた布団はすでに運びこまれ、寝台の上に広げられている。

今日、布団や毛布を干したばかりだったので、眠るのが気持ちいいはずだと店員が話していた。

清潔なシーツに、干したてふかふかな布団、暖かい毛布――いつもは使用人が用意してくれる物だ。

日頃から感謝しているが、今日はこれまで以上に彼らの存在をありがたく思ってしまった。

アルウィンはすでに寝台の上で横になっている。ふたり用といっても余裕があるので、巨大猫の彼がいても大丈夫だろう。

ここで気付く。クラウスと一緒の寝台で眠るのは気恥ずかしいと思っていたのだが、アルウィンを真ん中に挟めばいいだけの話だった。

「アルウィンを連れてきて、正解だったわ」

「にゃあ?」

髪を乾かしたあとは、アルウィンのブラッシングに情熱を注いだ。仕上げに肉球へクリームを塗っておく。今日は外を歩いたので、多めに塗り込んでおいた。

しばらくするとクラウスが戻ってくる。まだ髪が濡れていて、雨の日に散歩に出かけた犬のようだと思った。

「ロビン、髪を拭いてあげるわ」

自分でできると言うかも、なんて思ったものの、クラウスは素直に私の隣に腰を下ろした。

大判の布で髪をわしわし拭っていると、大型犬を拭くのはこんな気持ちなのか、と思ってしまう。

きれいに髪が乾いたら、丁寧に櫛《くし》を入れてあげる。

「よし。こんなものかしら？」

「ありがとう」

クラウスはぐっと接近し、耳元で「エルーシア」と囁《ささや》く。

そういう不意打ちは止《や》めてほしい。熱が引いた体が、再度火照ってしまうから。

「もう、眠りましょう」

「そうだな。明日も早起きしなければならないし」

「ええ」

寝台を振り返り、ハッとなる。

今現在、端っこにアルウィンが眠っていた。いつもは寝台の中心で寝転がっているというのに、今日に限って端に避《よ》けているなんて。

「ねえ、アルウィン。アルウィンは真ん中に眠りなさいな」

「にゃう」

彼はすでに熟睡していて、寝言のような鳴き声しか返ってこない。

耳を引っ張っても、尻尾を撫《な》でても起きなかった。

「アルウィンは一度寝入ったら起きない」

「みたいね」

アルウィンを真ん中に挟んで眠る計画は、儚《はかな》く消え去ったのだった。

「眠らないのか？」

「眠りますとも」

アルウィンの隣に横になると、続けてクラウスが寝転がる。

思っていた以上に密着する形となり、なんだか落ち着かない。

いつものようにアルウィンを抱き枕にしていたら、背中をぽんぽんと叩かれる。振り返ると、拳ひとつ分もない距離にクラウスがいたので驚いた。布団の中なので、普通なのだろうがソワソワしてしまう。

「どうかしたの？」

「おやすみ、と言おうと思って」

「そ、そう」

彼は改めておやすみと口にすると、そのまま目を瞑《つぶ》る。クラウスの貴重な寝顔を見つめつつ、瞼を縁取る睫が長いな、と思ってしまった。


翌日――日の出前に起床し、クラウスと共に厨房の大掃除を行った。

全体的に油まみれで心が折れそうになったが、クラウスと一緒だったので頑張れた。

イヤコーベとジルケの朝食は、昨日のスープをアレンジしたものに固茹《ゆ》で卵、ソーセージと温野菜サラダに買ったパンを用意する。

今日も食事に文句を言いつつ、完食していた。

「朝からしみったれた料理を用意するなんて、育ちが悪いんだろうねえ」

ぶつくさとぼやくイヤコーベに、この際だと思って物申す。

「あ、あの、厨房には食材がなくて、このようなお品しか用意できなかったのですが」

「なかったら買いに行けばいいんだよ！　それがあんたの仕事じゃないか！」

「で、では、その、食費をいただけますか？」

お金さえ渡してもらえば、朝からビフテキでもなんでも用意する。しかしながら、イヤコーベは呆れた様子で言葉を返した。

「あんた、貴族の家はもれなくツケ払いなんだよ。金なんか渡すものか！」

「しかし、昨日、店に行ったら、その、ツケ払いとやらはできないと言われてしまい」

「そんなわけあるか！　店の人が知らないだけなんだよ！　怠けていないで、はっきり説明おし！」

もしや、商店で出入り禁止になっているのを知らないというのだろうか。信じられない気持ちになる。

一刻も早くここから下がりたいと思っていたのだが、イヤコーベが思いがけないことを命じてきた。

「今晩、お客さんがくるから、食事は豪勢にしな」

「お客様は何名でいらっしゃるのですか？」

「ひとりだよ」

嫌われ者の母娘のもとに、いったい誰がやってくるというのか。結婚前の知人か、それとも悪事を企《たくら》むお仲間なのか。

「いったいどなたがいらっしゃるのですか？」

「それはあんたが気にすることじゃないんだよ！」

「そうだ、そうだ。生意気なメイドだね！」

たぶん、彼女らは好奇心で聞いていると勘違いしたのだろう。訪問してくる客を出迎えるのは、使用人である私達だ。相手が誰か把握していないと、招き入れられないのだが……。

間違って借金取りを家に入れたらどうなるのか。それはそれで見物《みもの》なような気がする。イヤコーベやジルケと、借金取りの戦いは迫力満点だろうから。

指摘してもいいのだが、機嫌を悪くしそうだ。クラウスも同じことを思ったようで、大丈夫だと目で訴えているように見えた。

「ああ、そうそう。あんた達の仕着せを用意したんだ。今日からそれを着な」

食堂の椅子に真っ黒なワンピースとフロックコートがかけられていた。

「今着ている服は、あたし達に寄越すんだよ」

クラウスは平民が着ている仕着せ風に仕立てた燕尾服《えんびふく》を着ていたのだが、いい品だと見抜いたのだろう。変なところで目ざとい人達である。

よくよく見たら、私に用意されていた服は喪服だった。

おそらく、父の葬儀に合わせて買ったもので、不要になったので交換しようと思ったのかもしれない。なんとも呆れた人達である。

「服を貰っておいて、お礼のひとつもないなんて！」

私はクラウスと目を合わせてから、同時に頭を下げたのだった。

その後、貰った仕着せに着替える。

当然、寸法は合わない。今日のところは我慢して、夜、時間があったら手直しをしたい。

クラウスのほうは上衣は小さく、ズボンは短いという酷い寸法違いだったようだ。見た目ではわからないが、着ていると苦しくなるらしい。

「あの、大丈夫？」

「伝書鳩《でんしょばと》を送って、似た服を用意してもらう。マリーのも頼むから、少し我慢していてくれ」

「わかったわ」

とてつもなく迷惑な衣装交換であった。

なんというか、朝から疲れた。調査のためとはいえ、ここでの労働を続けていく自信をごっそり持っていかれたような気がした。

そろそろ食事を食べないといけないだろう。どうするかと聞いたら、クラウスは思いがけない提案をしてくれる。

「パンケーキを焼こうか？」

「いいの？」

「ああ」

まさか、クラウス特製のパンケーキを朝から食べられるなんて。

なんでもパンケーキはパティシエ仕込みらしい。がぜん、期待が高まる。

クラウスが取り出したのは、そば粉だった。

ボウルにそば粉とふくらし粉を入れよく混ぜる。次に卵と牛乳を追加し、生地がなめらかになるまで攪拌《かくはん》。

この生地を焼いていく。生地は一口大で、たくさん焼くようだ。

焼き色が付いたら、パティシエ仕込みのパンケーキの完成だ。

「これはキャビアを載せて食べる甘くないパンケーキなんだ」

「まあ、そうなの!?」

昨日、買った食材に瓶詰めされたキャビアがあった。それをパンケーキに載せていく。

「そのキャビア、イヤコーベとジルケの食事用に買ったものだと思っていたわ」

「あの者達に、いい物を食べさせるわけがないだろうが」

キャビアは私達が食べるために買った物だったらしい。

アルウィンも興味津々だったようだが、お腹《なか》を壊すかもしれないのでお預けだ。

代わりに、家から持ってきた猫用餌《カリカリ》を与える。

「食べようか」

「そうね」

一口大のパンケーキは手づかみで食べるという。さっそくいただいた。

生地の表面はカリカリで、中はフワッとしている。砂糖が入っていないので、キャビアの塩っ気ともよく合う。極上の味わいだった。

「これ、とってもおいしいわ!」

「それはよかった」

あっという間に十枚以上食べてしまった。

「あなた、パンケーキでお店が出せるわ。何かあったら、田舎でのんびりパンケーキ屋さんを開きましょうよ」

「マリーが女将をするのか?」

「もちろん。アルウィンは看板猫よ!」

カリカリに夢中だったアルウィンは顔を上げ、不思議そうに「にゃあ?」と鳴く。

「名前はロビンとマリーにして、静かに暮らすの」

朝、明るくなったら目覚めて、朝食当番は日替わりで交代して、私がお店の清掃をしている間に、クラウスはパンケーキの生地を仕込む。看板猫のアルウィンはお店の軒先でお昼寝をして、道行く人達にたっぷり可愛がられる。庭にはたくさんのお花を植えて、家庭菜園もしたい。たくさんできたら、お隣さんに分けてあげるのだ。

そんな日々を想像したら、わくわくが止まらなくなる。

「爵位も、財産もいらないわ。私は、あなたとアルウィンがいたら幸せなの」

だから、万が一何かあったときは、大公位に執着しないでほしい。クラウス自身の命を大事に生きてくれたら、これ以上嬉しいことはない。

「ねえ、あなたもそう思うでしょう？」

「たしかに、俺も、お前とアルウィンがいたら、それだけでいい」

なんだか泣けてくる。そんな私を、クラウスは優しく抱きしめてくれた。

まさか、落ちぶれた実家で本当の幸せの形に気付くなんて思いもしなかった。

イヤコーベとジルケのおかげ、とは言いたくないのだが……。

何はともあれ、今は夢みている場合ではない。しっかり現実に向き合わなければいけないだろう。

なんて考え事をしていたら、穏やかな表情で私を見つめるクラウスと目が合った。

「元気になったようで、よかった」

「もしかして、私がぐったりしていたから、パンケーキを焼いてくれたの？」

「まあ、そうだな」

「ありがとう。おかげで、とっても元気になったわ」

クラウスの手を握り、感謝の気持ちを伝える。彼は淡く微笑みながら、こくりと頷《うなず》いた。

「そういえば、夜に来るお客さんは誰なのかしら？」

「わからない」

イヤコーベとジルケの交友関係を探ったようだが、結婚後に付き合いのある者は皆無だったという。

「あの母娘は招待されていない夜会に現れては、たくさん酒を飲み、参加者に絡んで迷惑がられていたらしい」

何回か繰り返すうちに、夜会や晩餐《ばんさん》会への出入りは禁止されたという。やってきても、玄関先で止められていたようだ。

「まさか、商店街や職業斡旋所だけでなく、貴族の集まりまでも出入り禁止になっていたなんて……」

「夜会に行けなくなった彼女らは、酒場に行くようになったようだが、ここでも支払いをしなかったために、あえなく出入り禁止になったようだ」

「学習しないわね」

「本当に」

一夜限りの付き合いのある男達はいたようだが、そこから交際に繋がることはなかったという。

「結婚前も似たような不義理を繰り返していたことから、親しい友人などはいなかった、という情報は摑んでいたのだが」

だとしたら、今晩現れるのは、おおかた悪事を企むお仲間というわけだ。

豪勢な夕食とやらは私達では作れないので、クラウスが伝書鳩を使い食堂に注文してくれた。貴族が出入りするお店のコース料理を注文したとのことで、イヤコーベとジルケから不満は出ないだろう。

クラウスと分担しつつ洗濯を行い、清掃をしつつ何か証拠がないか目を光らせる。

今日は父の執務室や寝室、私室などを調べたのだが、家具などはすべて持ち出されていた。当然、証拠らしい証拠なんて見つかるわけがない。

そんな中で、屋根裏部屋に入ったクラウスが紙の束を持ち帰ってきた。それは、父の署名のある借用書の写しであった。

「これは、お父様の文字ではないわ」

「母娘のどちらかが書いたものなのだろう」

全部で三十枚以上はあるのか。これだけでも、かなりの金額である。

「おそらくこれは一部なのだろうな」

屋根裏部屋に隠したあと、忘れていたのだろう。

「騎士隊は屋根裏部屋を調査しなかったのかしら？」

「調べたのだろうが、わかりにくい梁《はり》の上に置いてあった。気付かなかったのだろう」

さらに、屋根裏部屋は鼠とコウモリ、害虫などの棲《す》み家となっており、長時間調べられるような環境ではなかったようだ。

クラウスが持ってきたのは借用書の写しだけではない。彼はイヤコーベが書いたと思われる、お茶会の招待状を入手してきた。

それらは暖炉の煙突に張り付いて、燃えていなかったものだという。

「借用書の写しの筆跡と、招待状にある文字の筆跡はそっくりだ。専門家に調べてもらったら、同一人物によるものかわかるだろう」

はっきりしたら、借金は父がしたものでなく、イヤコーベがしたものだと判明するだろう。

今日、クラウスの部下がやってくるというので、鑑定を依頼するようだ。

それ以外の、写しがない借用書も国王の名のもとに回収し、支払いを立て替えたあと、筆跡を確認するという。

借りたのが父でないとわかり次第、イヤコーベに対して支払い義務が発生するという。払う気がなければ騎士隊に拘束され、彼女を刑務所送りにできるはずだ。

「書かれている文字は、娘のものもあるだろう」

ミミズが這《は》ったような文字なので、判別がつかない。

ジルケは筆跡がわかる物は残していないようで、どうやって入手するか考えているという。

「だったら、ジルケ宛てに荷物を送るのはどう？」

「ああ、なるほど」

署名欄には、〝シルト大公の娘ジルケ〟と書くはずである。

「ただ、送り主はどうしましょう？」

「適当に、〝あなたに想いを寄せる騎士より〟とでも書いたらどうだろうか？」

ちょうど、家から持ち込んでいた化粧クリームがあった。これを適当に包んで、贈り物みたいにすればいい。

「いい考えだわ」

さっそく工作する。化粧クリームはシルクの布で包んで、アルウィンの玩具《おもちゃ》にしようと思っていたサテンリボンで結ぶ。それを封筒に入れ、しっかり紐で縛った。

住所を書き、シルト大公家のジルケ様、と宛名を書いておく。

配達人が持ち歩く受け取り証明書は手書きである。記憶を頼りに作成したが、それらしく仕上がった。すぐにジルケのもとへ運ぶ。

「あの、ジルケお嬢様？」

「なんだい？」

扉を開くと、寝台に寝そべりながら大衆紙を読むジルケの姿があった。ビスケットを食べていたようで、欠片がシーツの上に散っている。

朝、丁寧に替えたシーツが、夜を迎えないうちに汚れていたのだ。

呆れつつ、荷物について報告する。

「これが届いたのですが」

「んん？」

身を乗り出して、誰から届いたものか確認する。

「シルト大公家のジルケ様へ……、あなたに想いを寄せる騎士より、ですって⁉」

ジルケは私から荷物を奪い取ると、乱暴に封筒を破く。リボンを引き、中にあった化粧クリームを見てハッとなった。

「これ、百貨店のカタログにあった、人気の化粧クリームじゃない！　なかなか入手できないって書いてあったのに」

これはコルヴィッツ侯爵夫人が私に分けてくれたものである。五つほど貰ったのでひとつくらいいいか、と思っていたのだが、稀少《きしょう》な品だとは知らなかった。

「これを、どこの誰が贈ってくれたんだい？」

「さあ、わかりません」

ジルケは自分で破った封筒をつなぎ合わせ、文字を指でなぞるようにしながら読み上げる。

「あたしに想いを寄せる騎士って、いったい誰なんだ!?」

ジルケの頬は紅潮し、恋する乙女《おとめ》そのものの表情を浮かべている。

なんだか可哀想《かわいそう》になったが、同情なんて必要ない。これまで私は、彼女から酷い目に遭わされてきたのだから。このくらいの仕返しは可愛いものだろう。

「あの、それで、これに署名してもらえますか?」

ジルケは面倒くさそうにペンを取り、サラサラと署名する。

彼女の文字は、イヤコーベの筆跡によく似ていた。

「では――」

失礼しようと思っていたのに、「ちょっと待ちな!」と引き留められる。

「今晩のごちそうは、しっかり用意したんだろうねえ?」

「もちろん」

「あたし達に恥をかかせたら、絶対に許さないからね」

頭を深々と下げ、部屋から出る。

廊下で待っていたクラウスに、ジルケの筆跡が残った紙を手渡した。

「あなた、これでいい?」

「十分だ」

屋根裏部屋に隠された借用書の写しとイヤコーベとジルケの筆跡記録は、鉄騎隊の隊員に託された。

彼女達の悪事が公になりますように、と祈りを込めつつ、鉄騎隊の隊員を見送った。

夕方、頼んでいた料理が次々と運ばれる。

前菜は秋野菜のマリネ、鴨《かも》のテリーヌに、鱒《ます》の燻製《くんせい》、スープはニンジンのポタージュ。

メインの肉料理は鹿の窯焼《ロティ》き。口直しのゼリーのあと、魚料理は白身魚の皮目焼《ポアレ》き。五種類のパンと、ムースとケーキ、チョコレートのデザートの三点盛りである。どれもおいしそうだ。

料理の代金はクラウスの負担である。念のためにシルト大公家の名で後払いができるか聞いてみたものの、お断りされてしまった。今回、注文を受けてくれたのも、クラウスの名前だったからだと言っていた。イヤコーベとジルケの信用はゼロだというわけだ。

そろそろ客がやってくる時間帯か。玄関で待機しようと思っていたら、イヤコーベが慌てた様子で食堂に向かっていた。

「何をボケッとしているんだい！　もう、客は来ているよ！」

なんでも、ジルケが招き入れていたらしい。

クラウスはワインを、私は手押し車に前菜を並べて運ぶ。

食堂にいた客は——驚くべき人物だった。

「ああ、この家もようやく使用人を入れたのか」

この滑舌が悪い、くぐもった声は聞き覚えがありすぎた。

ウベル・フォン・ヒンターマイヤー！

イヤコーベやジルケと結託し、悪事を働いていたのはウベルだった。

もしや以前彼らが行った婚約破棄は双方の関係は断たれた、と主張するためのパフォーマンスだったというのか。

実際は裏で繋がっていて、父の殺害を計画していたとしたら――考えただけでゾッとする。

そういえば、クラウスとの婚約を発表したあと、イヤコーベから手紙が届いていた。婚約破棄されたジルケを励ましてほしいとか、父が寂しがっているとか、婚約のお祝いをしたいとか、いろいろ理由をつけて私をシルト大公家に呼び出そうとしていたのだ。

あの日、素直に帰っていたら、父を殺害した罪を押しつけられていたに違いない。

口直しのゼリーを運んだあと、クラウスと目線を合わせ、廊下に出る。

魚料理を取りに行くふりをして、しばし話に聞き耳を立てるようだ。

使用人がいなくなったと思ったのか、ウベルはうっかり口を滑らせた。

「いやはや、騎士隊の調査の目をかいくぐってしまうとはな」

どくん！　と胸が大きく脈打つ。

ウベルは事件について、何か知っているようだった。

「エルーシアがシルト大公を殺したことにしようとしていたのに、まさか逃げ出すなんて思いもしなかった」

やはり、彼らは私に罪をなすりつけるつもりだったのだ。

絶対に許せない。猛烈な怒りがこみ上げ、ぶるぶると震えてしまう。

そんな私を、クラウスは優しく抱きしめてくれた。

「凶器はエルーシアの私室に隠しておいたのに、騎士達は発見できないなんて」

「‼」

探し回っても見つからなかった凶器は、私の部屋にあるという。

「床下収納に入れておいたのに、見逃したんだよ」

「まったく、能なしだね」

「まあまあ、騎士隊は貴族のお坊ちゃんも多いから、床下に収納があるなんて思いもしなかったんだろうな」

今すぐ、私の部屋を確認しにいかないといけない。けれども、クラウスはしばし待つようにと、首を横に振る。まだ話を聞くようだ。

「しかし、ジルケがシルト大公を仕留めるとは思っていなかった」

「だって、殺したらお金がたくさん貰えるんだろう？　婚約破棄のことで叱ってきたからさ、カッときて。まぬけなもんだったよ。あたしに背中を向けて説教していたから、テーブルの上にあった灰皿で後頭部を叩いただけでポックリだった」

酷い……！　人の命をなんだと思っているのか。

私が飛び出していかないか心配だったのだろう。クラウスは腕の力を少しだけ強める。

大丈夫だと伝えるために、腕をポンポン叩いた。

そこで会話は別のものになり、クラウスと婚約を結んだ私について話し始める。

「エルーシアにも驚いたもんだ。選んだ男が、シュヴェールト大公になってしまうんだから」

「エルーシアのくせに、生意気なんだ」

「大丈夫だ。あの女は、必ずこの家に連れ戻す。そして、一生いいように利用してやるから」

いったい、何を計画しているというのか。

ぎゅっと拳を握ったその瞬間に、クラウスが動く。用意していた魚料理が載った手押し車を食堂へ運んだ。

ウベルはクラウスをジロリと睨《にら》みながら物申す。

「おい、配膳が遅いんだよ」

「申し訳ございません」

ウベルはこうして立場の弱い者にのみ強くでてくるところがあるようだ。なんとも呆れた話である。

「ワインセラーに、特別な白ワインを取りにいっておりまして」

「なんだ、この家。ワインセラーなんかあったのか？」

父のコレクションが収められていたワインセラーの存在を、彼らは知らなかったようだ。

とびきりいいワインを持ってきたので、あっという間に上機嫌となる。

クラウスは白ワインの栓を抜き、ゆっくりとデキャンタに移す。

空気に触れたワインは、味わいがまろやかになるのだ。また、ワインの中にある澱《おり》を取り除けるため、おいしく飲めるというわけである。

極上の白ワインと共に魚料理を楽しんでいたイヤコーベとジルケ、ウベルは、あっという間に眠ってしまった。そんなに強いワインだったのだろうか？

クラウスが視線で合図するので、食堂から出ていく。

歩きながら、彼らが眠ってしまった理由を教えてくれた。

「ワインに睡眠薬を仕込んだ」

「いつ？」

「グラスに注ぐときに」

見ていたが、まったく気付かなかった。さすが、隠密《おんみつ》活動を得意とする鉄騎隊の隊長である。

向かった先は、私の部屋だ。

父の部屋同様、何もかも持ち出され、空き部屋のようになっている。

ここに、父を殺したさいに使った凶器が隠されているようだ。

「床下収納はどこにある？」

「ここに」

ドキドキしつつ床下収納を開いた――が、中は空っぽだった。

「え、どうして？」

すでに別の場所に隠されているのか。

クラウスのほうを見た瞬間、彼は人差し指を私の唇に当てた。静かにするように、と言いたかったのだろう。

次の瞬間、話し声と足音が聞こえた。だんだんとこちらへ接近してくる。

イヤコーベとジルケ、ウベルは睡眠薬で眠っているはずなのに。

「あちらのほうから、物音がしたというのですか？」

「ああ」

住人以外の声が聞こえ、背筋が凍り付いた。

声に聞き覚えはない。いったい誰がやってきたというのか。

「この部屋ですか？」

「いや、もっと奥だ」

だんだんと足音が近付いてくるにつれて、胸は早鐘を打っていた。

「ここの部屋を覗いてみるか」

「そうですねえ」

扉が開かれる前にクラウスは私を担ぎ、窓から飛び出す。すぐさま窓は閉められた。

クラウスは私を肩に担いだまま窓枠に摑まり、宙ぶらりんの状態でいた。

秋といえども、夜は冷える。冷たい風が吹きつけていた。

「……いないな」

「鼠の鳴き声だったんじゃないですか？」

「どうだか」

足音が窓のほうに迫っている。覗き込まれたら見つかってしまうだろう。

ぎゅっと唇を嚙みしめながら、どうか見つかりませんようにと心の中で祈った。

しかしながら、男は窓を覗き込んでしまう。さらに、手にしていた角灯を掲げるではないか。

「何かいますか？」

「——いいや、何もいない」

そう言って、踵《きびす》を返す。足音はだんだん遠ざかっていった。

クラウスは私を近くにあった樹の太い枝に下ろしてくれた。自らはそのまま落下し、着地する。

樹を伝って降りてきた私を、クラウスが抱きとめた。

「大丈夫か？」

「ええ、平気。でも、窓を覗き込んだのに、どうして見なかった振りをしたの？」

「見なかった振りではない。見えなかったのだろう」

なぜ？　と思っていたが、現在の私達の恰好を思い出す。

イヤコーベとジルケから賜った全身黒尽《くろず》くめの恰好だったのだ。おまけに髪も黒いことから、完全に闇に溶けていたのかもしれない。

「窓を覗き込んだ人、誰だったかわかった？」

「顔見知りではないが、騎士隊の制服に身を包んでいた」

「なっ——!?」

騎士がこのような時間に何用なのか。クラウスと顔を見合わせてハッとなり、早く戻ろうと腕を引いて走り始めた。

厨房の食材運搬用の扉から中に入る。すると、人影があったので驚いた。

「これはこれは、ご夫婦揃って、外で何をしていたのでしょうか？」

振り返った男は、銀色の髪に紫色の瞳を持つ男性。もうひとりは騎士だった。

「誰……？」

思わず口から出た言葉に、銀色の髪を持つ男性は答えた。

「自分はヨアヒム・フォン・ディングフェルダーと申します」

それはクラウスの従兄《いとこ》であり、シュヴェールト大公を継承するはずだった者の名であった。

年頃は二十代半ばくらいか。長い銀色の髪をひとつに纏《まと》め、眼鏡には銀のチェーンがかけられている。ストライプ柄の派手な外套《がいとう》を着込んでおり、首元から見えるタイは花柄、とにかく派手な恰好をしていた。

「あなた方は、ここで働くローゼ夫妻で間違いありませんか？」

ヨアヒムの問いかけに、クラウスが一歩前に出て「そうです」と答える。

「おお、南部訛《なま》りの発音ですね。あなた方は、南部にある田園地帯出身ではありませんか？」

「そうです」

「やはり！」

クラウスは発音まで、設定に忠実だったらしい。私はなるべく喋らないほうがいいだろう。彼の背後に隠れておく。

「少し、王都の美しい発音を心がけたほうがいいかもしれませんね。人生の先輩からの助言です」

「はあ、どうも」

金にがめついという噂のヨアヒムは、他人を見下し、勝手にペラペラ喋るいけ好かない男だった。

クラウスはいぶかしげな声色で問いかける。

「あんた達はなぜここに？」

「ウベル・フォン・ヒンターマイヤーから連絡がありまして。シルト大公の遺体の盗難と死の謎について打ち明けたい、と言っていたものですから」

ウベルはいったい、何を話そうとしていたのか。

「ヒンターマイヤーは自分の直属の部下でね。この事件が解決したら、一気に出世できるのですよ。だから、張り切って上司である自分を招いたのでしょうが――」

ヨアヒムの眼鏡がキラリと光る。何かを探るように私達を見ていた。

「玄関の扉を叩いても反応がない。中に入っても、人の気配はまるでなかった。ヒンターマイヤー氏を食堂で発見したのだが、白目を剝《む》いて眠っていた」

なんて寝方をしていたのか。心の中で頭を抱え込んでしまう。

「最初は毒でも盛られて死んでいたのかと思いましたよ。ほら、今晩自分達が訪問するものですから、口封じでもされたのかも、とね」

彼らはただ眠っているだけだった。

「しかし、皆が皆、眠ってしまうというのはいささか不自然だな、と思いまして。そう考えているときに、二階の奥のほうから物音や声が聞こえたと言うものですから」

騎士とふたり、ヨアヒムは確認にいった。その先で、私達と鉢合わせしそうになったのだ。

「まあ、物音や声は気のせいでした」

背後に佇んでいた年若い騎士が、「シルト大公の幽霊だったのかもしれないな」と独り言のように呟く。

「ちょ、ちょっと！　へ、変なことを言わないでいただきたい！」

怪奇現象が恐ろしいのか、ヨアヒムは顔を真《ま》っ赤《か》にして怒っていた。

本当に幽霊だったらよかったのに、と思ってしまう。

「ま、まあ、何もかも、杞憂だったわけですよ」

厨房に夕食で出した白ワインの瓶が置かれていた。

それを指し示しながら、ヨアヒムは説明を始める。

「このお酒は度数が高く、別名〝睡眠ワイン〟とも呼ばれていて、酒に弱い者であれば、一口飲んだだけで眠ってしまうそうです。おそらくですが、食堂にいた者達は酒に弱かったのでしょう」

万が一を考えて、そういうワインを選んだに違いない。さすが、クラウスである。

「話は戻りますが、なぜ、夫婦揃って外にいたのですか？　食事は魚料理だったので、まだ終わっていないですよね？」

私は一歩前に出て、外にいた理由を話し始める。

「ち、近道なんですぅ」

「近道？」

「ええ！　屋敷内にある階段を下りていくよりも、二階にある非常階段から下りて厨房に回ったほうが、圧倒的に早くてえ」

南部訛りに聞こえるよう、精一杯頑張る。非常階段については、下働きをしているときに何度も利用していたし、本当のことなのだ。

「非常階段？　確認してもよいですか？」

「ええ、まあ、よいです」

ヨアヒムと騎士を二階の非常階段があるフロアまで案内する。

彼は疑い深い性格のようで、騎士に非常階段を使って下りていくように命じ、自らは屋敷の階段を使って下りていくという。

「ではいきますよ。せーの！」

踵を返したヨアヒムは、全力疾走で階段まで向かった。あんなに急いでは、検証の意味があるのかわからなくなりそうだが。

私達も非常階段を使い、厨房を目指す。

少し急ぎ足くらいの速さで歩いていたのだが、ヨアヒムよりも先に厨房に辿り着いた。

遅れて到着したヨアヒムは、肩で息をしつつ、信じがたいという表情で私達を見ていた。

「た、たしかに、非常階段を使ったほうが、は、早いようですね」

認めてくれたので、ホッと胸をなで下ろす。

ただ、彼の表情が余裕たっぷりな点が少し気になった。

「なんだか疑ってしまって、申し訳ありません。ヒンターマイヤーから、シルト大公家で働く使用人が疑わしい、なんて話を聞いていたものですから」

ヨアヒムは薄笑いを浮かべつつ、私達に尋ねる。

「あなた達のお部屋、少し調べさせてもらってもよいでしょうか？」

それを聞いた瞬間、ゾッとする。

もしや、父の殺害に使った凶器は今、私達の部屋に置かれているのではないのか、と勘づいてしまったのだ。

「案内してください。やましいことがなければ、隅々まで調べても問題ありませんよね？」

クラウスは「わかりました」と言い、ヨアヒムと騎士を私達の部屋へ導く。

これも、ウベルの作戦だったのか。まさか彼以外に客人がくるなんて、想像もしていなかった。

一歩、一歩と進んでいるうちに、不安が募っていく。

「ここが、俺達の部屋です」

「そうですか。では、調べさせていただきますね！」

ヨアヒムは嬉々《きき》として、部屋を探り始める。

整理簞笥《チェスト》を開き、替えのワンピースを手に取っては、無造作に投げる。騎士は鞄を開いて、乱暴に探っていた。

きれいに掃除し整えた部屋は、あっという間に泥棒が入ったかのように荒らされてしまう。

「ふむ、ないですねえ」

「寝台の下に何かあるようだが」

「おやおや‼」

事前に打ち合わせをしていたのか、演技がかったやりとりをし始めた。

ヨアヒムは姿勢を低くし、寝台の下に隠されていたものを手に取る。

布に包まれたそれを、ヨアヒムは舌なめずりしながら開いていった。

「ぎゃあ‼　な、なんだこれは‼」

出てきたのは、巨大鼠の死体であった。

ヨアヒムは不潔だ！　と叫んでのたうち回っている。

あれはいったい……？

「こ、こんな不衛生な鼠を隠し持っていたなんて！　おい、この夫婦を拘束しろ！」

「いや、鼠の死体所持で拘束はできません」

「罪だろうが！」

「罪ではないので……」

騎士は呆れた表情を浮かべつつ、今日のところは帰ろうと声をかけた。

「いや、しかし、手ぶらで帰るわけにはいかな――」

ドンドンドン！　と玄関の扉を激しく叩く音が聞こえた。

いったい何事なのか。

扉を開くまでもなく、騎士達がぞくぞくと押しかけてきた。

「イヤコーベ・フォン・リンデンベルク及び、ジルケ・フォン・リンデンベルクはいるか⁉」

クラウスと共に顔を出し、いったいどうしたのかと尋ねる。

「ここに記された二名に、逮捕状が出ている。詐欺罪と暴行罪だ！　それ以外にも、いくつか容疑がかかっている！」

父の名を騙《かた》り、借金を作った罪が今裁かれるようだ。もうひとつの暴行罪というのは、いったいなんなのか？

「あの、暴行罪、というのは？」

「シルト大公の娘、エルーシア様に暴行を命じていた、という証言が集まった」

クラウスが私の肩をぽん、と叩く。彼の顔を見上げると、こくりと頷いていた。

どうやら、私が知らないうちに調査を重ねていたらしい。

「奥様とお嬢様でしたら、食堂でお酒を飲み、眠ってしまったようです」

クラウスがそう説明すると、隊長らしき騎士の命令で隊員達が食堂へ向かう。

目を覚ましていたイヤコーベとジルケは、突然の拘束に抵抗していた。

「な、何をするんだい！　あたしが何をしたって言うんだ！」

「そうだ！　そうだ！　母さんはともかく、あたしはなんにもしていないよ！」

「ジルケ！　あんたって子は、本当に性格が悪い娘だね！」

「母さんには負けるよ！　騎士様、母さんはシルト大公の名を騙って、たくさんの金を借りていたんだ！　返すつもりはこれっぽっちもなかったんだよ！」

お返しだとばかりに、イヤコーベも証言する。

「騎士様！　実は、夫を殺したのは、ジルケなんだ！」

「は!?　母さん、何を言っているんだ！　あたしは殺しなんてしていないよ！　シルト大公は発作で亡くなったって、医者も言っていただろうが！」

「いいや、違うんだ。この性悪娘が、灰皿で殴って殺したんだよ！」

こういう状況になっても、イヤコーベとジルケはお互いに罪をなすりつけ合っていた。

騎士達は誰の言葉が真実なのか、理解しがたいという表情を浮かべている。

ここで、アルウィンがやってくる。布に包んだ物を口に銜《くわ》えていた。手を差し出して受け取ると、ずっしりと重たい。

「これは――――！」

布を開くと、出てきたのは血がこびりついたガラスの灰皿である。

咄嗟に、私は騎士に報告した。

「あの、これを、ジルケお嬢様に隠しておくよう、命じられていたんです！」

血が付着した灰皿を見た騎士達は、ギョッとしていた。

「ジルケお嬢様はこれで、シルト大公を殴って殺したんです――――！」

「あ、あんた、いい加減なことを言うんじゃないよ！」

イヤコーベの証言と、証拠となる灰皿が揃ってしまった。ジルケは言い逃れなんてできないだろう。

「か、母さんだって、シルト大公を言いなりにさせる薬を飲ませていたんだ！　本当だよ！」

父はイヤコーベに薬を盛られていたなんて。想定外の新しい証言に目を剝く。

もしかして、父が変わってしまったのも、薬の影響だったのだろうか？

だとしたら、あまりにも悲しい。

「薬の件についても、詳しく聞かせてもらおうか。おい、連行しろ‼」

ジルケだけでなく、イヤコーベも騎士隊が両脇を挟んで連れていこうとする。

「ちょっ、夫を殺したのは娘で、あたしじゃないよ」

「お前には詐欺罪と暴行罪の疑いがかかっているんだ。それにシルト大公に薬を盛っていたそうではないか。いいから、大人しくついてこい！」

「薬のことなんて知らないよ！　それにあたしはシルト大公夫人なんだから、乱暴に扱うなんて許されないんだ！」

ジルケは激しく抵抗していたからか、手をしっかり縄で結ばれた状態で連行される。

「あたしはしていない‼　悪いのはエルーシアなんだ‼　あいつが、シルト大公を殺したんだよ‼　あたしは、罪をなすりつけられたんだ‼」

ぎゃあぎゃあと叫び、抵抗するが騎士に力で敵うわけがない。最終的に麻袋に入れられ、蓑虫《みのむし》のような状態で連行されていた。

凶器の灰皿は騎士隊で預かるらしい。彼らは敬礼し、帰っていった。

ウベルはこそこそと逃げようとしていたようだが、隊長格の騎士に肩をポンと叩かれる。

「貴殿にはこの母娘についていて聞きたい話がある。同行いただいてもいいだろうか？」

「……はい」

ウベルまでも、騎士隊員達が連れていってくれた。

屋敷の中はあっという間に静けさを取り戻す。

「あら、ヨアヒムと騎士は？」

「騒ぎに乗じて逃げたようだ」

「そうだったの」

クラウスは私達のもとにやってきたアルウィンをなで回す。

「アルウィン、お手柄だ」

「にゃ〜〜！」

巨大な鼠の死体を仕込んでいたのはアルウィンだったらしい。

「アルウィンには、この部屋に他人が勝手に持ち込んだものを拾って持ってくるよう、躾《しつ》けておいた」

「そうだったのね。賢い子だとは思っていたけれど」

ちなみに巨大な鼠の死体は偽物らしい。アルウィンの玩具として持ってきていたようだが、お気に召さなかったようで寝台の下に隠していたようだ。

「それにしても筆跡鑑定の結果が出てから駆けつけるまで、早かったわね」

「ああ。迅速に解決するよう、陛下から命令があったからな」

ひやひやするような瞬間ばかりだったが、無事、イヤコーべとジルケは拘束された。

あとはこの国の法律が、彼女達を裁いてくれるだろう。

「ひとまず安心――と言いたいところだが、ウベルとヨアヒムの繋がりと動きが気になるな」

「ええ」

警戒するに越したことはないだろう。

これ以上、面倒な事態に巻き込まないでほしい、と心から願ってしまった。

第二章　エルーシア、社交界へ進出⁉

事件から一ヶ月が経ち、イヤコーベとジルケの悪行が世間に公表された。

新聞社は競うようにして母娘が各地で巻き起こした騒ぎについて報じているようだ。記事が掲載された新聞や雑誌は飛ぶように売れているようで、瞬く間に時の人となってしまった。

他人からの注目を集めるのが大好きな母娘だったが、こういうネタで注目されたくはないだろう。

私が暮らすコルヴィッツ侯爵邸にも大勢の記者が詰めかけているようだが、すべて元傭兵《ようへい》の使用人達が追い払ってくれた。なんとも頼りになる人達だ。

イヤコーベとジルケは借金を返すまで刑務所から出ることはできないらしい。一生働いても返しきれないほどの金額を使い込んでいたので、生きている間に出所するのは難しいだろう。

結局、私の手元にはイヤコーベとジルケが荒らした屋敷の所有権のみ戻ってきたというわけだった。

ただ、それだけでは気の毒に思われたのか、国王陛下より見舞金と王城の一室を自由に使っていいという許可証と鍵が届いた。

見舞金は思っていたよりもたくさんあったため、しばらくお金に困ることもなさそうだ。

王城の一室は夜会があったときの休憩所として使おう。

ただ、屋敷はどうしようか、という悩みの種ができてしまう。

シルト大公邸は王都の中でも比較的閑静な場所にあり、ゆっくり過ごすのには最適だ。

ただ、屋敷の周辺と庭は生ゴミがばら撒《ま》かれ、悪臭が酷い。屋敷の中も荒らされていて、目も当てられない状況だった。

こういう状態の屋敷を貰っても……と思ったものの、思いがけない要望が届いた。

それは、シルト大公家に嫌がらせをしていた人達からで、屋敷の周辺と庭を清掃したい、という申し出だったのだ。

なんでも貸したお金は国王陛下が立て替えてくださったおかげで全額戻ってきたらしい。

さらに屋敷の所有権が私に移ったと聞いて、申し訳なく思ったようだ。

無償で働いてもらうなんてとんでもないと、と見舞金の中から給料を出すことに決めた。

彼らはたった二ヶ月で、荒れ果てていたシルト大公邸をきれいにしてくれた。庭の草木はほとんど枯れていたのですべて撤去し、塀も劣化していたため、取り払って新しく建てた。

すっかりきれいになったシルト大公邸は、新しい養育院にすることに決める。

以前あった養育院は閉鎖され、子ども達は病院にいたのだが、そろそろ退院すると聞いていたので提案したのだ。

養育院の経営はコルヴィッツ侯爵夫人の、信頼がおける知り合いに任せた。

とんとん拍子に進み、来週には子ども達がやってくるという。

子ども達がお腹いっぱい食事を食べ、元気いっぱい遊べるような場所になればいいなと思っている。

◇◇◇

あっという間に月日は流れ、父の死から一年が経った。

喪が明けてすぐに結婚するのもどうか、とクラウスは思っているようで、婚約期間はもう少しだけ延びそう。

私のもとには連日、夜会やお茶会の招待状が届き、どうしたものかと困っている。

コルヴィッツ侯爵夫人は無理して出ることはない、と言ってくれたけれど、未来のシュヴェールト大公夫人になる以上、社交は避けて通れないだろう。

最初から夜会に参加するのは気が重い。まずはお茶会から参加しようか。

ここ二年ほど、まともにお茶会に行っていないのだが、果たして大丈夫なのか。

ひとまず、かつて仲がよかった伯爵令嬢マグリット・フォン・ヴェルトミラーの誘いを受けることにした。

一応、クラウスには報告しておく。

「というわけで、お茶会に参加することになりましたの」

「社交はせずともよいのに」

「そういうわけにもいかないのですよ」

「しかし、危険ではないのか？」

「護衛もいるのですから、心配には及びません」

例の事件以来、私に護衛が付くようになった。代わる代わる私を守ってくれる。

　コルヴィッツ侯爵夫人に仕える元傭兵の侍女もいるので、ちょっとやそっとの襲撃を受けても返り討ちにできるだろう。

　クラウスはなんというか、以前よりもずっと過保護になっていた。

出会ったときの淡々とした様子は、今では懐かしいと思うくらいだ。

「ならばアルウィンも連れていけ」

「アルウィンみたいな大きな猫ちゃんを連れていったら、他のご令嬢が驚きますわ」

「ただのかわいい猫なんだろう？」

「わたくしとクラウス様にとっては、ですわ」

　コルヴィッツ侯爵夫人も最初は、アルウィンの大きさに驚いていた。今では仲良しだが、出会った当初は距離があったように思える。

「わたくしは心配いりませんので、どうか任務にご集中ください」

　クラウスは返事の代わりに、盛大なため息を吐《つ》いた。

　彼は隣国で兄の近況について探ってくるように命じられたらしい。

「もしも会えたら、何か伝えることはあるか？」

「特に何も――いいえ、しっかり反省なさってくださいませ、とお伝えください」

「わかった」

　国王陛下は兄を助けるつもりはないものの、必要以上に酷い扱いを受けていないか心配しているという。わざわざクラウスを派遣し、確かめるよう命じてくれたのだ。

「クラウス様、どうかお気を付けて」

ここ最近、頑張って刺繍していたハンカチを手渡す。端にアルウィンの絵を刺したのだ。

「よくできているな。店に売っている品のようだ」

「ブランドでも作って商売しましょうか？」

「いいかもしれない」

クラウスは柔らかく微笑むと、私の額にキスをする。

こういう不意打ちのキスは、何回されても慣れない。彼は淡泊な人だと思っていたのだが、意外とわかりやすい愛情を示してくれる。

「私からも、エルーシアに贈り物を用意していた」

彼の寝室から持ち出されたのは、リボンがかけられた大きな箱だった。

「あら、ドレスですの？」

「いいや、板金鎧《プレートアーマー》だ」

リボンを解くと、細身の板金鎧が出てきた。これは私のために、オーダーメイドしたものらしい。白く塗装し、百合《ゆり》の彫刻が刻まれた美しい鎧《よろい》である。私を思って作ってくれたのだろう。

なんというか、とてつもなくユニークな贈り物だ。どういう反応が正解なのか、わからなくて困ってしまう。

「エルーシアの身を守るために、ドレスの下にも着られるよう、薄い板を使って作ってもらった」

「は、はあ」

ドレスの下に板金鎧を装着するとは、とんでもない事態である。

これを使うような機会は、永遠に訪れないでほしいと思ってしまった。

「気に入ったか？」

「見た目は」

「見た目だけか？」

「きちんと着こなせるか、自信がなくて」

「着方は侍女に伝授しておこう」

そういう意味の着こなしに対する心配ではないのだが……。

ドレスの下に板金鎧なんて装着したら、動きがぎこちなくなるに違いない。ゼンマイ仕掛けの人形のような所作しかできなくなるだろう。

「心配するな。エルーシアなら上手く着こなせるだろう」

「だと、いいですね」

クラウスは私の手元に板金鎧を残し、隣国へ旅立っていったのだった。


リンデングリーンのドレスを纏い、早くもなく、遅くもないという時間にヴェルトミラー伯爵邸に到着した。

今日は規模が大きなお茶会のようで、各家々からご令嬢が集まっている。

マグリットが主催したから、という理由で選んだお茶会だったが、人数が少ない物を選べばよかっ

たと後悔する。

待合室で誰と話したらいいのか、なんて考えていたら、マグリットの侍女が私を彼女のもとに案内してくれた。

「マグリットお嬢様がお話をしたいとのことでして」

「そうだったのですね」

マグリットのおかげで、なんとか気まずい気持ちにならなくて済みそうだ。

ひとつ年上の彼女は、久しぶりに会った私を歓迎してくれた。

「エルーシア様、久しぶりね」

「ええ、本当に」

「今日はお招きくださり、心から感謝いたします」

「いいのよ。堅苦しい挨拶は抜きにしましょう。私達、お友達でしょう？」

マグリットは二年前と同じように、遠慮がなく気楽な様子で話しかけてくれた。

「それにしても、シュヴェールト大公と婚約するなんて、驚いたわ」

「わたくしも驚きました」

「まさか、ライバル関係にあるシルト大公の娘と、当時悪魔公子と名高いディングフェルダー卿《きょう》が婚約を結ぶことになるなんて、誰も想像していなかったわ。さらに、ディングフェルダー卿がシュヴェールト大公になったものだから、びっくりよ。まあ、何はともあれ、おめでとう」

「ありがとうございます」

皆、シルト大公家とシュヴェールト大公家の婚約には、驚いていたという。

すぐにでもお茶会に誘いたかったようだが、結婚式の準備もあるだろうからと控えていたようだ。

「エルーシア様とはこれからも仲良くしていきたかったから、我慢をしていたの。やっとお誘いできたのよ」

「そういうふうに思ってくださるのは、マグリット様ぐらいですわ」

「そんなことないわ。みんな、あなたに会うのを楽しみにしているわよ」

これまで、ジルケが私に届いた招待状を勝手に奪い、お茶会に参加したことを思い出すと、明後日の方向を向きたくなる。

当然、マグリットのお茶会も荒らしていただろう。届いた手紙を嬉しそうに、私に見せびらかしていた記憶が甦《よみがえ》ってくる。

「その、マグリット様のもとにも、ジルケが訪れましたよね？」

「ええ、まあ」

「本当にごめんなさい」

「いいのよ。エルーシア様とは関係のない、他人のしたことだから」

ジルケを妹ではなく、他人扱いしてくれるとは。マグリットは本当に心優しい女性だ。

「なんていうか、一時期はエルーシア様の継母と継子の噂でもちきりなときがあって、その、大変だったわね」

行儀見習いと称し、私が下働きしていたことについては、いろんな雑誌で報じられているようだ。

出て行った使用人達が勝手に触れ回ったのだろう。

しかしそのおかげで、私を見る人々の目は冷たくなく、むしろ同情的だった。

日々、コルヴィッツ侯爵邸に押しかける記者には辟易《へきえき》していたものの、イヤコーベとジルケの悪事をきっちり報道してくれたことに関しては感謝している。

「これからは何かあったら、なんでも相談してほしいわ。絶対に、助けてあげるから」

「マグリット様……ありがとうございます。わたくしも、お力になれることがあったら、嬉しく思いますわ」

それを口にした途端、マグリットは私の手をぎゅっと握る。

「早速ですけれど、お願いがあるの！」

「な、なんでしょうか？」

マグリットの勢いに、私は仰《の》け反ってしまう。

目が血走っているので、何か大変な事態に巻き込まれているのだろう。

「来週、隣国の第三王女がいらっしゃるのだけれど、お父様から王女殿下のコンパニオンになるよう、命じられてしまったの！」

コンパニオンというのは、貴人とお喋りしたり、遊んだりする、お友達のような存在である。コンパニオンになった者は使用人扱いされず、客人として大切にされるのだ。

第三王女は破綻した両国の縁を再度結ぶために、我が国へお見合いをしにやってくるのだという。

気分を害さないようにもてなすのが、コンパニオンの任務に違いない。

「とてつもない名誉ですわ。さすが、マグリット様です」

「そうなのだけれど、隣国の第三王女のお相手なんて私にできるのか不安で――」

ここからがマグリットのお願いであった。

「エルーシア様、私と一緒に、第三王女のコンパニオンになってくれない？」

「わ、わたくしが⁉」

「ええ。身分は申し分ないし、あのコルヴィッツ侯爵夫人に気に入られるほどの器量の持ち主であれば、第三王女もお気に召してくださるはず。だから、お願い！」

「で、ですが、お誘いいただいていないわたくしまで押しかけても、いいのでしょうか？」

「問題ないわ。お父様は、何人かお友達を誘ってもいいと言っていたので」

「そ、そうでしたか」

マグリットのお願いは聞いてあげたい。しかしながら、私は隣国の王族とは微妙な関係にある。

正確に言えば、微妙なのは兄なのだが……。

我が国に嫁いでくるはずだった第一王女と一夜を明かし、子どもを孕《はら》ませてしまったのだ。

まあ、兄の子ではなく、恋仲になった男性との間にできた子だという噂もあるが……。

とにかく、シルト大公家の娘と聞いたら、第三王女は「お姉様を孕ませた男の妹め」と思うだろう。

「わ、わたくしも、お気に召していただけるか、自信がなくて」

「エルーシア様ならば大丈夫よ。それに、一緒にいてくれたら、とても心強いわ」

マグリットは涙目だった。よほど、このお役目を重荷に思っているに違いない。

いろいろあった私を変わらず受け入れてくれた彼女に、報いないといけないだろう。

もうどうにでもなれ――と思いながら、マグリットの手を握り返した。

「わかりました。わたくしも、第三王女のコンパニオンになります」

「エルーシア様、ありがとう‼」

マグリットは私に抱きつき、涙を流して喜んでいる。私も不安でちょっと泣きそうになっていたが、ぐっと堪《こら》えた。

第三王女のコンパニオンだなんて、とんでもないお役目を引き受けてしまった。

果たして、私に務まるのか。

それよりも、兄のことで不興を買わなければいいのだが……。

気分を入れ替え、お茶会に集中する。

ヴェルトミラー伯爵家自慢のティールームには、水晶のシャンデリアが輝き、チョコレートみたいな色合いのウォールナットのテーブルには精緻なレース編みのクロスがかけられていた。その上を彩るように置かれているのは、銀の茶器。カップとソーサーだけでなく、ポットに台座、ミルクジャグ、砂糖摘《つ》まみに至るまで銀で揃えられていた。

お菓子はワゴンで運ばれ、好きな物を選べるようになっている。

定番のスコーンには、今が旬のリンゴジャムが添えられていた。アーモンドクリームがたっぷり使われたルバーブのタルトに、スパイスがほんのり香るキャロットケーキ、エルダーフラワーとレモンのケーキにクッキーなど、お菓子も種類豊富に用意されている。

異国風のパンケーキ、クランペットは焼きたてを提供してくれるようで、部屋の端にパティシエが待機していた。

私はマグリットと同じテーブルに案内され、周囲を取り囲むご令嬢は静かな人ばかりだった。

私に起こった事件について根掘り葉掘り聞かれることはなく、ホッと安堵《あんど》する。おそらくマグリットの配慮なのだろう。

お菓子と共に出されたお茶は香りがすばらしく、ほどよい渋みとこくが絶妙な味わいで、優雅な気分をこれでもかと味わった。

話題は各々の趣味がメインで、私もコルヴィッツ侯爵夫人に習ったレース編みについて熱く語らせてもらった。

「社交界デビューのドレスはコルヴィッツ侯爵夫人が手直ししたものだったなんて」

「すてきだと思っていましたの」

ちなみにあの日、私は大量に吐血したのだが、ドレスには一滴も付いていなかった。

クラウスが私の顔にシーツを巻き付け、ドレスが汚れないようにしてくれたのだ。

すばらしい心遣いだが、ぐるぐる巻きにされた布を血まみれにした状態で連れ帰ったので、コルヴィッツ侯爵夫人を怖がらせてしまった。

「お弟子のフィルバッハのドレスも素晴らしいですが、お師匠様であるコルヴィッツ侯爵夫人のドレスは王妃殿下しか纏えなかったので、やはり憧れます」

私がお茶会を開くときは、ドレスを見せてほしいと言われてしまった。

結婚し、生活が安定してきたら、私もマグリットのようにお茶会を主催しないといけない。今から大丈夫なのか、心配になってしまった。

お茶会は大きな騒動などはなく、つつがなく終了した。

すっきりした表情のマグリットに見送られ、私は家路についた。

出迎えてくれたコルヴィッツ侯爵夫人は、すぐに私の異変に気付く。優しく抱きしめ、幼子に話しかけるような優しい声で話しかけてきた。

「エルーシアさん、お茶会で嫌なことがあったの？」

「嫌なことと言うか、なんと言いますか……」

ひとまず、夕食時に詳しく話をすることにした。

お風呂に入り、侍女からマッサージを受けていると、泥のように眠ってしまう。

ただお茶を飲んで、お菓子を食べて、お喋りしただけなのに、こんなに疲れてしまうなんて。二年前以上に、気疲れしたのかもしれない。

そんな私は、久しぶりに夢を〝みた〟。それは、血まみれのクラウスを看取《みと》るという、最低最悪の予知夢である。

「――はっ⁉」

慌てて起き上がる。部屋はいつの間にか真っ暗で、日が落ちるまで眠っていたようだ。

今の夢は……。思い出すだけで背筋がゾッとする。

私はクラウスの遺体の傍で、酷く悲しみ、打ちひしがれるように涙していた。

これまでの予知夢と異なり、詳しい状況はわからない。どうして彼は死んでしまったのか。情報が少なすぎた。

私が運命を変えてしまったので、クラウスは別の脅威にさらされてしまったのか。

ガタガタと手が震える。もうこの先、彼なしの人生なんてありえない。ひとりでなんて生きていけないだろう。

「クラウス様……」

そう口にした瞬間、涙がぽたぽたと流れてくる。

彼と出会うまでは、実家から独立し、逞《たくま》しく暮らそうと考えていたのに。

私はずいぶんと弱くなってしまったようだ。

これではいけないと思いつつも、涙が止まらない。

ごしごしと目元を擦っていたら、窓がコツコツと叩かれる。カーテンを開くと、伝書鳩がやってきていた。

窓を開くと私の肩にぴょこんと飛び乗り、手紙が結ばれた足を差し出してきた。

小さく折りたたまれた紙を受け取り、鳩に水差しにあった水とベリーを与える。

よほどお腹が空いていたのか、鳩はガツガツとベリーを食べていた。

クラウスからの手紙には隣国への道中に咲いていた花や、なっていた果物の話などが、報告書のような文面で書かれていた。

クラウスはきっと、手紙を書き慣れていないのだろう。堅すぎる文面を読んでいるうちに笑ってしまった。

最後は、私の体調を気にかける言葉で締められる。

鳩は一晩休んだあと、クラウスのもとに戻るらしい。

果物かごにやわらかな布を敷いて、簡易的な鳩の巣を作ってあげる。どうぞと差し出すと、「ぽう！」と鳴いてかごの中へと入った。

明日、クラウスへ運んでもらう手紙を書いておく。

彼が見た花や果物を、今度は一緒に見たい。結婚したら旅行に行こう、と書き綴《つづ》った。

きっと叶《かな》うと信じて、私は手紙を折りたたんだのだった。

夕食時には元気な顔を見せないといけない、と思っていたのに、泣き腫らした目を見せてしまった。

「エルーシアさん、あなた、本当に大丈夫なの？」

「ご、ごめんなさい。少し、情緒不安定な期間で」

クラウスが死んでしまう予知夢をみてしまった――なんて言えるわけはなく。女性特有の期間のせいにしてしまった。

「お部屋でゆっくり召し上がる？　メニューも、食べやすい物を用意させましょうか？」

「いいえ、平気です。お腹はぺこぺこでして。どうかご心配なく」

「そ、そう。だったらよかった」

コルヴィッツ侯爵夫人には、第三王女のコンパニオンになることを報告した。

「わたくしに務まるとはとても思えなかったのですが、マグリット様はわたくし以上に不安がっていましたので、お断りすることもできず、引き受けてしまいました」

「そうだったの。大変だったわね」

コルヴィッツ侯爵夫人も王妃殿下のコンパニオンのような存在だったらしい。気負う気持ちは理解できるという。

「私のほうから、王妃殿下にご相談して、お断りすることもできるわ。もちろん、マグリット嬢も一緒に」

「いえ……。マグリット様は役割を果たそうと、奮起されていたようですので」

「そう。私も一緒に行けたらいいのだけれど、無理な話なのよね」

コンパニオンになれるのは、相手と同じくらいの年頃の女性だ。あまりにも年が離れていたら、気を遣われてしまうので、選考の段階で除外されるのだろう。

「気力が続く限り、頑張ってみます」

「無理はしないでね」

「もちろんです」

不安でしかないものの、誠心誠意務めあげるつもりだ。

マグリットも一緒なので、励まし合いながらやるしかない。

どうか何事もありませんように、と神に願ってしまった。

それからというもの、第三王女との会話のネタを集めたり、クラウスと手紙のやりとりをしたり、と忙しい日々を過ごす。

あっという間に、第三王女と顔合わせをする日を迎えてしまった。

コンパニオンの業務用に王妃殿下が用意したドレスをまとい、髪は整髪剤で撫で付け、後れ毛の一本でも垂れないようにしておく。

コンパニオンの業務用ドレスは体にフィットするようなデザインで、板金鎧を下に装着するのは難しかった。お守り代わりに持ち込むだけにしておこう。

身なりを整えたのちに、王城へ挑む。

個人の侍女や護衛は連れていけないと、隣国側からの要望があった。そんなわけで、久しぶりにひとりきりとなる。

なんとか頑張らないといけない。気持ちだけは戦いに出る騎士そのものだ。心を鋼にして、第三王女と会うのだ。

コンパニオンは私とマグリット以外に、十人ほどいた。

思いの外多かったので、ホッと胸をなで下ろす。

そしてついに、第三王女が登場した。

「あら、みなさん、ごきげんよう」

第三王女はゆるやかに波打ったストロベリーブロンドに、陶器のような美しい肌を持つ、妖精みたいな美少女であった。

「初めまして、わたくしはフラヴィ・メイサイユ・ド・ドレイユって言うの。みなさん、よろしくね」

宗教画のような、天使を思わせる微笑みを私達に向けてくれた。

純粋という言葉を擬人化したような人物だ、というのが第一印象である。

「お友達をたくさん用意してくれて、とても嬉しいわ。でも、こんなにたくさんはいらないから――」

第三王女は笑みを絶やさないまま、こちらへ接近してくる。

なぜか私の前でピタリと止まり、指をさした。

「あなた、ひとりだけで結構よ。あとは下がってちょうだい」

皆、想定外の事態だったのだろう。理解が追いつかず、呆然《ぼうぜん》としている。

第三王女が視線を送ると、他のご令嬢はハッとなり、部屋から出ていった。

マグリットは申し訳なさそうな表情を浮かべていた。置いていかないで……と強く思ってしまったが、叶うはずがない。

「あなた、名前はなんて言うの？」

「わたくしは、エルーシア・フォン・リンデンベルク、と申します」

「リンデンベルク！　リンデンベルクって、シルト大公家の？」

「はい」

第三王女は背後にいた侍女や護衛の騎士を振り返り、くすくすと笑い始める。

「あら嫌だ。リンデンベルクって、アンヌお姉様と関係を持ち、牢屋《ろうや》送りになったバーゲン・フォン・リンデンベルクと家族ってこと？」

私は深々と頭を下げ、現在世間に知れ渡っている情報のみを口にした。

「お兄様は現在、隣国で行方《ゆくえ》不明になっている、という報告しか聞いておらず……」

「まあまあ。そうなの。お可哀想に。詳しいお話を聞かせてあげるわ」

第三王女は私の手を取ると、ぐいぐいと長椅子があるほうへ誘う。

「い、痛っ……」

「何か？」

「いいえ、なんでも」

あろうことか、第三王女は私の手を力いっぱい握ってくれたのだ。おかげで、くっきりと手の痕が付いている。

「どうぞ、こちらに」

第三王女は隣をぽんぽん叩いていたが、通常は向かい合った席に座るのが礼儀である。これは試されているのか、と思いつつも、言われたとおりゆっくり腰かけた。

「けほ！　けほ！　けほ！」

私が座った瞬間、いきなり咳《せ》き込む。侍女が走ってきて、第三王女の背中を摩《さす》り始めた。体が弱いという話は聞いていなかったのだが――。

「あの、どうかなさったのですか？」

声をかけると、侍女が私をキッと睨む。

「あなた、もしかして化粧をされているのですか？」

「え？　はい」

「馬鹿な!!　王女殿下は、化粧品を吸い込むと咳《せき》が止まらなくなるのですよ!!」

「そ、そんな」

事前に届いていた第三王女についての情報に、そのような記載はなかった。

そこには第三王女の好まない話題や生活習慣について、好む食事、嫌いな食事など、多くの情報が書かれていた。コンパニオンに選ばれた女性達は、それを暗記した状態でやってきていたのだ。

まさか、病気について書かれていなかったなんて。

もうひとりの侍女は私のもとにやってきて、教育用の鞭で肩を叩き始める。

「お前が至らないばかりに、王女殿下が苦しんでいる！　同じ苦しみを、味わえ！」

バチン、バチンと鞭が鋭く叩きつけられる。

こんなの理不尽だ――と思ったが、醜聞を流した兄を持つ私を、第三王女は酷く毛嫌いしているのかもしれない。

「も、申し訳、ありません……」

コンパニオンの業務用ドレスは、鞭によって裂けてしまった。繊細なシルクのドレスが、鞭による攻撃に耐えられるわけがないのだ。

「どうか、お許しください……」

第三王女は部屋から出ていき、私は気を失うふりをするまで鞭で叩かれてしまった。

◇◇◇

肩は真っ赤に腫れていた。顔や手でなく、見えない部位を攻撃するところがなんとも嫌らしい。

あのまま意識を保っていたら、まだ痛い目に遭っていただろう。イヤコーベとジルケに対抗するために身に付けた演技力が、ここで活《い》かされるとは思いもしなかった。

板金鎧を身に着けていたら、ダメージもなかっただろうに。装着できるようなドレスのデザインではなかったので、無理な話だったが。

それにしても、第三王女は油断ならない人物だ。イヤコーベやジルケと違い、自分の手を汚さない点も、ずる賢いとしか言いようがない。

コンパニオンの中に私がいると聞いて、仕返ししようと計画を立てたのだろうか？

罪は本人だけのものなのに、本当に勘弁してほしい。

どうしてこうなったのか、と深い深いため息をついてしまった。

第三王女の滞在は一ヶ月間。その間、王城にコンパニオン用の部屋が用意され、家に帰ることは許されていない。呼び出しがあれば、すぐに駆けつけないといけないのだ。

もう少しだけ休んでおこうと思っていたのに、第三王女の侍女が勝手に私の部屋へやってきた。

先ほど鞭打ちした侍女とは別の女性だったが、袖がないネグリジェ姿で傷痕がある私を見ても眉ひとつ動かさない。

「今晩は王女殿下の歓迎パーティーですが、あなたには部屋で待機していてほしい、とのことです」

「わかりました」

呼び出されて嫌がらせのひとつでも受けるのかと思っていたが、放っておいてくれるらしい。逆にありがたかった。

「ついでに、夕食も運んできました」

メイドが手押し車に載せた食事を運んできてくれる。

食べるのには少し早いが、まあいいだろう。

ご丁寧にも、侍女が銀色の蓋を開いてくれる。出てきた料理は――鼠の死体だった。

私よりもメイドのほうが驚いて「ヒッ！」と小さな悲鳴をあげていた。

こんなわかりやすい嫌がらせをするなんて……。呆れたの一言である。

「た、たっぷり味わっていただけたらと思います」

「ええ、ありがとう」

にっこり微笑みかけると、侍女の口元がひくっと歪《ゆが》んだ。

私が怖がったり、悲鳴をあげたりする様子を見たかったのだろう。思い通りに振る舞うわけがなかった。

「肩の傷が痛みますので、下がってくださる？」

侍女は舌打ちし、部屋から出て行った。メイドもあとに続く。

「さて――と」

鼠の死体は前菜なのか。他に、蓋が被された料理は三品ある。

ふた品目は、とぐろを巻いたヘビ。生きていたので、慌てて蓋を被せる。

毒ヘビではないようだったが、さすがの私も生きたヘビはびっくりする。

メインは虫のソテー、デザートはカエルの卵だった。

とんでもないフルコースを用意してくれたものだ。許せるものではない。

すぐさまドレスを取り出し、立ち上がる。肩はズキズキと痛んでいたが、やられっぱなしでは気が済まない。

必要ないだろうと思っていた板金鎧〝一式〟と、真っ赤なドレスを纏い、深紅の口紅を塗る。

私の部屋に運ばれてきたゲテモノ料理のフルコースと共に、第三王女の侍女が待機する部屋を目指した。

コンコン、と叩くと、先ほど私を鞭打ちした侍女が顔を覗かせる。

「ごきげんよう」

「な、何用だ⁉」

「皆様に差し入れを、と思いまして」

「差し入れ？」

扉は少ししか開いていなかったものの、手押し車を押してぐいぐいと強引に中へ入った。

部屋には先ほど私に食事を運んできたメイドや、今夜の予定を知らせにきた侍女がいた。私の登場にぎょっとし、問い詰める。

「あ、あなた、何をしにきたの？」

「先ほど王女殿下の侍女から、すばらしい夕食をいただいたものですから、皆様にお裾分けしようと思いまして」

私の言葉に興味を示した侍女のひとりが、こちらへやってくる。

「どんなごちそうが出たの？」

そう言いつつ、ヘビが入っている銀の蓋を摑み、一気に開いた。

「ま、待って！」

食事を運んだメイドが叫ぶが、もう遅い。

蓋が開いた瞬間、ヘビが勢いよく侍女のほうへ飛び出してきた。

「きゃ～～～～!!」

侍女は手押し車にぶつかり、料理の数々を床にぶちまける。

鼠の死体や虫のソテー、カエルの卵が散乱する。

「や、やだ!!」

「ひぃぃぃぃ!!」

悪魔の宴のような、悲惨な状況が広がっていた。

「あ、あんた!!」

鞭打ちした侍女が、すさまじい形相で迫ってくる。手には棍棒《こんぼう》が握られていた。先程よりも武器の強度が上がっている。確実にダメージを与えるつもりなのだろう。

「こんな嫌がらせをして、絶対に許さない!!」

棍棒を握った手を大きく振り上げ、私に向かって振り下ろした。

しかしながら、大きな衝撃はない。代わりに鈍い音が鳴り、逆に侍女が手首を押さえ、痛がり始める。

「あ、あんた、その肩はいったい！？」

屈強な肩の正体は、クラウスが私に贈ってくれたドレスの下からでも着こなせる板金鎧であった。

棍棒程度の攻撃であれば、完全に防いでくれるようだ。

もちろん、問いかけに答えるわけがない。

私はにっこりと微笑みかけながら、「それでは皆様さようなら」と言葉を残し、踵を返す。

もうどうにでもなれ、と思いながら去ったのだった。


「さて、と」

このまま用意された部屋でのうのうと過ごすわけにはいかない。荷物をまとめ、すぐさま移動する。

向かった先は、国王陛下より賜った王城の一室。

この場所は第三王女に用意した貴賓室よりひとつ上の、王家に名を連ねる者達しか行き来できない階であった。なんでも、ここにある部屋しか空きがなかったらしい。

賜った当初は私が使うにはもったいないと思っていたのだが、第三王女の侍女やメイドが立ち入り禁止となるため、今はありがたいと思う。

鞄を運んでいたら、騎士が手を差し伸べる。

「お嬢様、そちらの鞄を、お部屋までお持ちしましょうか？」

聞き覚えのある声だったが、顔を上げた途端、誰だったか思い出した。

「あなた、マーヤ！　ではなくて、ボルヒャルト卿⁉」

マティウス・フォン・ボルヒャルト――私が養育院に行き来するために雇った、女装メイドである。

その真なる姿は、王族に仕える騎士だったのだ。

「ちょうど通りかかったものですから」

「そうでしたの」

私が国王陛下から一室を賜ったという話は騎士の間で周知されており、鍵を見せずとも通してくれる。マティウスが部屋まで鞄を運んでくれた。

「こちらに置いていいでしょうか？」

「ええ、ありがとう」

部屋は毎日手入れされているようで、清潔そのものだった。

初めて足を踏み入れたのだが、かなり豪勢な部屋である。

茶器だけでなく、茶菓子まで用意されていたのだが、毎日入れ替えているのか。

いつでも使っていい、という国王陛下のお言葉に偽りはなかったようだ。

「ボルヒャルト卿、一緒にお茶でもいかが？」

「ご一緒したいのはやまやまですが、シュヴェールト大公に背後から刺されそうなので、止めておきます」

「そ、そうですわね」

久しぶりに会ったのだが、元気そうでよかった。

「何か困ったことがありましたら、なんでもおっしゃってください。お嬢様には、養育院の事件を解決していただいたご恩がありますから」

「そんな、恩だなんて、お気になさらず。わたくし、困ったことなんて――ありましたわ！」

この際だ、人脈は余すことなく利用させてもらう。

「わたくし、第三王女殿下のコンパニオンを務めることになっているのですが、どうやらよく思われていないようで」

「それはそれは、残念なお話ですね」

「ええ、そうですの。それでさっそく嫌がらせを受けてしまい、被害を受けないよう、ここに避難してきたのです」

もしかしたら、第三王女の侍女かメイドがここに忍び込んで、何かしてくるかもしれない。

「騎士様が見張っていますので、何もないとは思うのですが」

「でしたら、この部屋に騎士を付けるよう、上に申告しておきます。遅くても、明日の朝には派遣できるでしょう」

「ボルヒャルト卿、感謝します！」

深刻な被害に遭ってからでは遅いのだ。相手はイヤコーベとジルケよりも強敵なので、先手を打っておかないといけない。

マティウスを見送っていたら、大勢の侍女を連れた王妃殿下がやってきた。

急いで壁際に避け、頭を下げる。

「あらあなた、エルーシア？」

王妃殿下は立ち止まり、私の顔を覗き込んでくる。

「お久しぶりですね。元気でしたか？」

「はい、おかげさまで」

顔をあげると、王妃殿下はにっこりと優しく微笑みかけてくれた。それだけでなく、手をぎゅっと握ってくれる。

「陛下からいろいろお話を聞きました。これまで大変でしたね」

「クラウス様が助けてくださったので」

「そう。今日はフラヴィ王女の歓迎パーティーですが、どこかのタイミングでゆっくりお話しできますか？」

その問いかけに、ウッと言葉に詰まってしまう。

だが、次なる瞬間には、チャンスだと思った。

俯《うつむ》いていた顔をあげ、うるんだ瞳で王妃殿下を見つめる。

「どうかなさって？」

「わたくし、フラヴィ王女殿下のコンパニオンとなったのですが、今日のパーティーには参加しなくてもいいと命じられておりまして」

「まあ！　侍女だって参加するのに、どうしてそんなことを言ったのでしょう？」

「あの、それは事情があり――」

事情というのは、兄が隣国でやらかした件である。王妃殿下の耳には当然届いているだろう。

私が言いよどんでいると、王妃殿下はすぐに察してくれた。

「ああ、そうですわね。フラヴィ王女殿下がそう言ってしまうのも、無理はないかと」

「ええ……。ですから今晩は、大人しくしていようかと思いまして」

「その必要はありませんわ。エルーシアはわたくしの侍女として、参加されたらいいでしょう」

「そんな、いいのですか？」

「ええ、もちろん」

いいお土産《みやげ》もある、そう言い残して王妃殿下は去っていった。

王妃殿下の侍女が残り、身なりを整えてくれるという。私の部屋へ向かおうとする侍女を引き留めた。

「あの、メイドをひとり手配したいのですが」

メイドを呼び寄せ大急ぎで準備する。パーティーの時間は迫っていたが、なんとか仕上げてくれた。

それにしても、王妃殿下が言っていたいいお土産というのはなんなのか。おそらく、じきにわかるのだろうが、なんだか気になってしまう。

と、物思いに耽《ふけ》っている場合ではない。王妃殿下の侍女と共に、第三王女の歓迎パーティーが行われる大広間へと、メイドを引き連れながら向かった。

すでに会場にいた王妃殿下と合流する。取り巻きのひとりとして、待機しておく。

王妃殿下の登場よりもあとに、第三王女がやってくる。

本来ならば、王妃殿下よりも先にいないといけないのだが……。

でないと、王妃殿下より第三王女のほうが格上であると暗に主張してしまう。それを指摘できる教育係はいないようだ。

第三王女は優雅な様子で、王妃殿下にお辞儀をする。さすがに、礼儀作法は粗なんてなく、完璧だった。

皆が皆、妖精のように美しい第三王女を前に、ため息を吐いている。彼女は一瞬で、参加者達を魅了してしまった。

「王妃殿下におかれましては――あら？」

「フラヴィ王女殿下、どうかなさって？」

「いえ、わたくしのコンパニオンが、ここにいたものですから。ねえあなた、何をしているの？」

第三王女は私を睨み、近くへ来るよう手招きをした。

「あなた、具合が悪いので、参加しないと聞いていたのだけれど」

来るなと言ったのは第三王女である。私が支離滅裂《しりめつれつ》な行動をした者だと言いたいのだろうか。

「いったい誰の許可を得て、ここにいるのかしら？」

「わたくしです」

第三王女の問いかけに、王妃殿下がぴしゃりと言葉を返す。

場の空気が一瞬にして凍り付いた。

第三王女は一瞬顔が強《こわ》ばったものの、すぐに柔和な笑みを浮かべた。

「申し訳ありません。存じ上げなかったものですから」

彼女が少し微笑んだだけでピリついた空気が和らぐ。この辺はさすが王族、とでも言えばいいのか。

「その……エルーシア嬢がわたくしの侍女と少々騒ぎを起こしたものですから、少し神経質になってしまったようです」

「フラヴィ王女殿下、騒ぎというのはなんですの？」

王妃殿下の追究を受け、第三王女は眉尻を下げ、悲しげな表情を浮かべる。

まさか——と思ったときには遅かった。

「エルーシア嬢が、わたくしの侍女やメイドに差し入れと言って、生きたヘビや虫、カエルの卵を持ってきて、食べるように強要したんです」

周囲の者達の視線が、一気に私へ集まる。

王妃殿下も驚いた表情で、私を振り返っていた。

「エルーシア、フラヴィ王女殿下のおっしゃっていることは、本当ですの？」

「いいえ、少し違います」

「違う、というのは？」

「生きていたのはヘビだけで、虫はソテーされたものでした。それから、あともう一品、鼠の死体がございました」

「なっ——！」

王妃殿下は顔を青ざめさせながら、口元を押さえる。周囲の者達が見ていないと思って、第三王女は勝ち誇ったような表情で私を見ていた。

「たしかに、それらをフラヴィ王女殿下の侍女たちへ差し入れた、という情報は正しいものですが、先にわたくしの部屋にゲテモノのフルコースを運んできたのは、フラヴィ王女殿下の侍女とメイドでした。それをそっくりそのまま、侍女のいる部屋へ運んだだけです」

第三王女は負けじと言葉を返す。

「証拠はどこにあるの？　あなたが手押し車を運んでいる様子は、大勢の使用人達が目撃しているのよ？　どうやって、無罪を証明するのかしら？」

すかさず、第三王女は問いかけてくる。内心、勝利を確信していたのだろう。

「さあ、言い訳があるのならば、聞いて差し上げるわ」

「慈悲の心を、ありがとうございます」

私は深々と頭を下げ、第三王女に感謝した。

顔をあげると、第三王女は理解できない、という表情を浮かべている。きっと、私を追い詰めたと思っているのだろう。

「それでは、彼女に証言していただきます」

私の背後に控えていたメイドが、遠慮がちに出てくる。それを見た瞬間、第三王女ではなく、取り巻きの侍女達の表情が引きつった。

何を隠そう、彼女は私にゲテモノのフルコースを運んできたメイドである。

メイドはフラヴィ王女殿下が連れてきた者ではなく、急遽《きゅうきょ》私の専属メイドとして仕えることとなった女性だ。侍女に怯《おび》えていた様子だったので、きっと忠誠心なんてないだろう。

そう思って、私は彼女を買収したのだ。

「あ、あの、私は、フラヴィ王女殿下の侍女から、鼠の死体、生きたヘビ、虫のソテー、カエルの卵のデザートをエルーシア・フォン・リンデンベルク様のもとへ運ぶよう、め、命令されました！」

メイドは渡した金額以上の働きをしてくれた。

なんというか、フラヴィ王女の侍女はつめが甘い。事情を知っているメイドを野放しになんてさせてはいけないのだ。

メイドの証言が功を奏し、私に注がれていた視線が、フラヴィ王女殿下のもとへ戻っていく。

「フラヴィ王女殿下、彼女が言っていたことは、本当なのですか？」

「そ、存じ上げませんわ、王妃殿下。侍女が勝手にやったことですので。あなた達、どうなの？」

第三王女が振り返った瞬間、侍女達は顔面蒼白《そうはく》となる。すさまじい表情で睨みを利かせているのだろう。

王妃殿下が優しい声で、メイドに問いかける。

「あなたに酷い食事を運ぶように命令したのはどなた？」

メイドは震える手で、ひとりの侍女を指差した。

「わ、私は、私は、命令されて……いいえ、私がやりました」

侍女はすぐさま騎士に拘束され、大広間から連行される。

ゲテモノのフルコースを運ぶよう命令しただけなので、きっとすぐに解放されるだろう。

「お、驚きました。まさか侍女が、愚かな行為を働いていたなんて……」

知らなかった振りを決め込むようだ。侍女を切り捨てるとは、なんとも狡猾である。

そんな第三王女に、王妃殿下がぴしゃりと指摘した。

「侍女の監督は、れっきとした仕事ですよ。それを放棄していたあなたは、貴人としてどうかと思います」

「そ、そう、ですわね」

口元が引きつっていた。あの反応は、内心王妃殿下の発言に腹を立てているのだろう。

ここで王妃殿下に逆らうようであれば、我が国との関係が悪化する。それだけは彼女も理解しているのだろう。

第三王女は言われっぱなしで終わらせるつもりはなかった。

視線を私に向け、震える声で指摘してくる。

「そ、それにしても、酷い目に遭ったからといって、仕返しするのはどうかと思うのですが。ごく普通に、私に抗議すればいいだけの話でしたのに」

「それは、たしかにそうかもしれません」

王妃殿下は私を振り返り、諭すように言った。

「行動に移すよりも先に、わたくしに相談してほしかったです。そうすれば穏便な解決ができました」

謝罪しようとした瞬間、会話に割って入る者が現れた。

「王妃殿下、別にいいではありませんか」

よく通る、ハキハキとした男性の声であった。コツコツ、という足音と共に、集まった人々が道を譲る。

突然登場したのは、正装姿のクラウスだった。

隣国に行っていたはずなのに、どうして？

「悪行を働いたものには、かならず罰が下る。神がそれを下す前に、自分でしにいくとは、〝悪魔大公〟の妻となる女性にふさわしい正義感の持ち主だと思いませんか？」

クラウスは私を抱き寄せ、淡く微笑みかけた。

「あ、あの、クラウス、なぜここに？」

「夕方に戻ってきた。次の仕事に向かおうとしていたのだが、王妃殿下に引き留められてな。エルーシアも参加するから、会ってから行くように言われたのだ」

思わず、王妃殿下のほうを見る。目が合うと、片目をぱちんと瞑った。

ここでハッとなる。王妃殿下が言っていたいいお土産とは、クラウスのことだったのだ。

視線を泳がせていたら、第三王女が頬を染め、クラウスを見つめている様子に気付いてしまった。

嫌な瞬間を見てしまったものだと思う。

「騒動は解決したようなので、失礼させていただこう」

クラウスはそんな言葉を残し、私と共に大広間から去った。

彼が向かった先は、私の部屋とは真逆の方向だった。

なんでも彼も、働きの報酬として王城に部屋を賜っていたらしい。

私が賜った白い大理石の部屋とは異なり、クラウスの部屋はマホガニーの家具で統一されたシック

な内装となっている。

彼は私を長椅子に座らせ、自身も隣に腰かけた。

「クラウス様、驚きました」

「私も驚いた。とんでもない騒動に巻き込まれていたんだな」

「えっと、いつからご覧になっていたのですか？」

「第三王女から、誰の許可を得て、ここにいるのかと聞かれたところからだな」

「最初からではありませんか」

まさか、クラウスに見られていたなんて。恥ずかしいにも程がある。

「いらっしゃったのであれば、助けてくださいませ」

「女達の争いに男が介入したら、大ケガをする、という教えを受けていたのでな。それに、私が助けても根本的な解決にはなっていなかっただろう」

「それは、たしかにそうかもしれませんが」

なんでも、クラウスは私の様子を見て、何か策があると気付いていたらしい。

「追い詰められているような状況に見えたが、エルーシア自身は落ち着き払っていたからな。何かあると思っていた」

私の目論見《もくろみ》はすべてクラウスのお見通しだった、というわけだ。

「エルーシア、見事な戦いっぷりだった。あのように堂々と、第三王女を負かすなんて、見ていて気持ちがよかった」

「クラウス様、わたくし、勝ってもよかったのですか？」

「国単位で考えたら、よくないだろうな」

おそらく、今回の騒動で王家との間に浮上していた婚約話は破談になるだろう、とクラウスは言う。それを聞いて、頭を抱えてしまった。

「王妃殿下がおっしゃっていた通り、仕返しをする前に相談すればよかったです」

国家間の問題になるのにわかっていないのか、と相手を責めていたのだが、私も同じように考えが至らなかったようだ。

「わたくしのせいで隣国との関係が悪化したら、どうしましょう？」

「それはない」

きっぱりとクラウスは言い切る。

懐に入れていた紙を私に手渡してくれた。紙には第三王女の素性について、と書かれてある。

「実は、隣国で第三王女の生まれ育った境遇や経歴についても調査するよう、命じられていたのだ」

隣国の第一王女は、結婚前に男と関係し妊娠した。その責任のすべてを兄に押しつけ、終身刑にしてくれたのだ。

こういう事態が起こったことから推測するに、隣国は王女を厳しく教育及び監督していない。

第一王女の妹である第三王女も何かやらかしているのではないか、と思って調査を命じたようだ。

「結果、第三王女は侍女やメイドにむごい扱いを強いて、次々と解雇していたことがわかった」

今現在、第三王女が連れているのは、彼女のもとで生き残った精鋭というわけなのか。考えただけでゾッとする。

「やらかしていたのは第三王女だけでなかった」

紙面には驚くべきことが書かれていた。それは、第三王女の母親はメイドだったのだ。

政治の駒として利用するために、王妃の子でない娘を王女として育てていたのだという。

「ただ、第三王女は他の王女よりも扱いが悪く、普段から鬱憤を溜《た》め込んでいたのだろう」

メイドの娘だと軽んじられた結果、人を使い捨てることでしか権力を示せなかったのだろう。話を聞いていると、気の毒になってしまう。

「とまあ、そんな事情もあることから、エルーシアが手を下さずとも、陛下は王太子殿下の結婚相手にはしなかっただろう」

今回の婚姻は、隣国の外交官がとにかく早く進めたがっていたという。今回の訪問は急すぎると断っていたのに、無理矢理押しかけるようにしてやってきたようだ。

第三王女の素性が明らかになる前に、結婚させようという算段だったのかもしれない。

「クラウス様のお話を聞いて、安心しました」

「それはよかった」

クラウスは私を抱き寄せ、額にキスをする。

こうして触れ合っていると、いつまで経っても胸がドキドキしてしまうのだ。

「エルーシア、結婚式は、春の暖かくなった季節にしよう」

「はい」

今、とても幸せだ。そう思った瞬間、予知夢について思い出してしまった。

「――っ！」

「エルーシア？　具合が悪いのか？」

「い、いいえ、大丈夫、です」

「大丈夫なわけがないだろうが」

額に汗が浮かんでいたようで、クラウスがハンカチで拭ってくれる。第三王女の騒動で、クラウスの死についての予知夢をみてしまったことは頭の隅に追いやっていたのだ。

「あの、クラウス様。このあとのお仕事は？」

「西部地方で奴隷売買が行われているようで、その調査に行くよう命じられた」

「き、危険は、ありませんよね？」

「危険はない、とは言い切れないのだが」

「そう、ですわよね」

クラウスはずっと、危険と隣り合わせの中で生きてきた。国王陛下がもっとも頼りにしている鉄騎隊の隊長だ。

私に鉄騎隊を辞めてくれ、なんて言う権利はないだろう。

せめてもと思い、ひとつだけお願いをする。

「クラウス様、一点だけ、誓っていただきたいのですが」

「なんだ？」

「もしも、わたくしが仕事について意見した場合、聞き入れてくださいますか？」

「具体的には？」

「任務を受けないでほしい、とか」

この先、新たな予知夢をみることができるかもしれない。

詳しい状況がわかったら、運命を変えることができるだろう。

「任務か……。また、難しい願いだな」

「それは、クラウス様の命を守ることにも繋がるのです」

「何か〝みた〟のか？」

「え、ええ」

クラウスには少しだけ、私の能力について伝えてある。彼は疑わずに、信じてくれているようだ。

「わかった」

「え？」

「なんで驚く？」

「だって、荒唐《こうとう》無稽《むけい》なお話でしょうから」

「エルーシアはこれまでも、私を助けてくれた。それに、私が世界一信じている者だからな」

「クラウス様、あ、ありがとう、ございます」

受け入れてくれるとわかったら、涙が溢れてくる。

そんな私を、クラウスは優しく抱きしめてくれた。

クラウスが死んでしまう未来は、絶対に迎えたくない。そのためには、どうにかして予知夢をみるしかないのだ。

第三王女関係で騒ぎを起こしてしまったため、しばし王城の部屋で謹慎するよう王妃殿下より命じられた。

夜会に出入り禁止とか、王城の部屋を取り上げるとか、厳しい罰則が下るものだと思っていたので、拍子抜けしてしまった。

「あ、あの、お茶、でございます」

「ありがとう」

私の部屋には、買収したメイドを側付きとして置いてもらった。

彼女の名前はネーネ・フォン・ルーマン。新興貴族の男爵令嬢で、父親の命令で第三王女の侍女として送り込まれたようだ。なんでも、未来の王妃となる予定だった第三王女に娘を通して取り入ろうとしていたらしい。第三王女には多額の献金を送っていたようだ。

しかしながら、第三王女は献金を受け取りながらも、隣国から連れてきていた侍女しか傍に置かなかった。

困った男爵はさらに献金を積み、メイドとして娘を第三王女の傍に付けることに成功したらしい。

ネーネは父親のように腹芸が得意なタイプではなく、極めて控えめな性格だ。

こちらが買収しようとしたときも、お金はいらないと言ったくらいである。

ただ、なんの利益もない関係ほど脆《もろ》いものもないので、お金は強制的に受け取らせた。男爵家は裕福なので、お金なんて必要なかっただろうが。

本人の性格を考えたら、第三王女に気に入られるなんて難しかっただろう。クラウスの調査書を読んだら、いじめ倒される可能性があると判断し、こうして傍に置いているわけだ。

探偵を使い、ネーネについて調査してもらったところ、父親から暴行されていたことが明らかとなった。一度家を飛び出し、修道院に逃げ込もうとしたようだが、途中で捕まって叶わなかったらしい。

なんとも気の毒な女性だったわけだ。

彼女に関しては、今後も面倒を見る予定である。私のせいで、時の人となってしまったのだ。帰宅する許可がでたら、彼女もコルヴィッツ侯爵邸に連れ帰る予定である。

「ネーネ、緊張しなくてもよいのですよ」

「す、すみません」

「謝る必要もありません。堂々としていてください。弱気になっていると、相手につけ込む隙を与えてしまいますので」

その点に関しては心当たりがあったのだろう。彼女の背筋がピンと伸びた。

「たくさんの人達の目がある前で、何か物申すのは勇気がいったことでしょう。あなたは、立派な働きをしました」

そんな言葉をかけると、ネーネは眦《まなじり》に涙を浮かべる。

ぱちぱちと瞬《まばた》いたら、真珠のような涙が零《こぼ》れた。

「もう、何も心配いりません。あなたのお父様は、贈賄の罪で拘束されておりますから」

暴行罪については伏せておく。ネーネにとっては心の傷でもあるだろうから。

「わたくしがコンパニオンのお役目から解放されたあとも、わたくしに仕えてくださいますよね？」

「え、そ、そんな……。そこまでご迷惑をおかけできません」

「いいえ、迷惑ではありませんわ」

ネーネの小さな手を握り、にっこりと微笑みかける。

「わたくしがネーネにお金を渡して情報を喋らせたことが世間にバレたら、あなたのお父さまのように、贈賄罪で捕まってしまいますの」

「あ……！」

「わたくし達はいわば、運命共同体ですわ」

これからも仲良くしましょうね、という言葉に、ネーネは深々と頷いてくれた。

◇◇◇

謹慎期間中はネーネと共にレース編みをしたり、コルヴィッツ侯爵夫人やクラウスと手紙のやりとりをしたり、本を読んだり、と比較的充実した毎日を過ごす。

そんな私のもとに、王妃殿下がやってきた。

「謹慎生活はいかがですか？」

「自らの行いを反省する毎日です」

「ふふ、それは結構」

笑われてしまったので、私が自由気ままな日々を送っていることはバレているのだろう。

それはそうと、いったい何を話しにきたのか。ついつい構えてしまう。王妃殿下が直々に私のもとへやってくるなど、普段ならば絶対にありえないから。

新たに罰則ができたというのか。まあ、クラウスとの婚約を解消する以外は、なんでも受け入れようと思っていた。

「少し、困った事態になっておりまして」

王妃殿下を困らせていることとは、信じがたいものだった。

「フラヴィ王女殿下が、王城に用意した貴賓室に籠城し、帰国する素振りをまったく見せないのです」

「まあ！」

私を巡る騒動のせいで、王家との婚姻話はなくなった。それなのに、彼女は隣国に帰ろうとしないらしい。

「侍女の話によると、結婚相手を見つけるまで、国に帰れないとおっしゃっているのだとか」

「そういうわけでしたのね」

第三王女は未来の王妃になるつもりで、堂々とやってきたに違いない。馬鹿にしてきた者達にも、触れ回っていたのだろう。

けれども、状況がガラリと変わってしまった。

彼女が巻き起こした騒動の結末と共に帰国したら、これまで以上に軽んじられる。

おそらく意地でも誰かと婚約し、帰国したいのだ。

「陛下も到底容認できるものではないとおっしゃっているのですが、お相手がお相手ですので、強制退去を命じるなんてできるわけもなく……」

「大変な状況になっていましたのね」

ひとまず、国王陛下が隣国の王に第三王女を連れて帰ってくれるように、と打診したようだ。

隣国の王に良心があるのならば、すぐに迎えにきてくれるだろう。

「と、愚痴はこれくらいにして、本題に移りますわね」

「あ……はい」

「どうかなさって？」

「いえ、わたくしにフラヴィ王女殿下をどうにかするよう、命令されるものだと思っていましたので」

「どうにかするのは国王陛下のお仕事ですわ。その点は、ご心配なく」

私の手に負えるような猛獣ではないので、ホッと胸をなで下ろす。

「本題というのは、わたくしのコンパニオンになっていただこうと思いまして」

「わ、わたくしが、王妃殿下のコンパニオンに、ですか？」

「ええ」

なんでも、騒動のことが記事になっていたらしく、〝悪魔大公の未来の悪妻！〟みたいな感じで面白おかしく書かれていたらしい。

謹慎を受けていたので、そのような事態になっていたとは思いもしなかった。

「煽《あお》るような発言をしたクラウスも悪いのですが、記事のせいで、エルーシアのよくない噂が社交界に流れているのです」

「は、はあ」

それをきっかけに、イヤコーベとジルケが巻き起こした事件についても蒸し返されているようだ。

「コルヴィッツ侯爵邸には記者が大勢押しかけているようで」

これまで何度もコルヴィッツ侯爵夫人と手紙をやりとりしていたが、私のせいで損害を被っているなど一言も書かれていなかった。

謹慎を言い渡された私にいらぬ心配をさせないように、コルヴィッツ侯爵夫人が心遣いをしてくれたのだろう。

「まあ、あの家は荒事に慣れておりますので、気にすることはないでしょう。わたくしが心配していたのは、エルーシアの名誉です」

ずっと他人からの目を気にしていたが、クラウスから「悪魔大公の妻になる女性にふさわしい」なんて言われてからというもの、気にならなくなっていたのだ。

それはそれで問題なのだろうが。

「わたくしのコンパニオンであれば、悪く言う者はいないでしょう」

「王妃殿下……！」

これ以上ない名誉だが、少し心配なことがある。

「わたくしをコンパニオンにすることによって、その、王妃殿下に不都合が生じるのではないのですか？」

評判がよくない娘を傍に置くのだ。悪影響だと物申す者もいるだろう。

「わたくしが大切に思い、傍に置くと決めたことに、文句を言うなんて許しません。エルーシア、あなたは何も気にしなくてもよいのです」

胸がじんと温かくなる。

私は素直に、王妃殿下のコンパニオンになることを受け入れることとなった。

王妃殿下のコンパニオンは、第三王女よりも待遇がよかった。

まず、給金が出るらしい。私だけでなく、侍女見習いとして付けているネーネにまで。

仕事内容は、毎日面会するわけでなく、週に一回程度、王妃殿下とのお茶に付き合うだけでいいらしい。護衛や侍女、友人なども招いていいようで、外出も前日までに申告すれば許可を出してくれるようだ。

なんというか、至れり尽くせりである。

ちなみに王妃殿下の正式なコンパニオンはこれまでいなかったらしく、私が初めて任命されたという。

なんとも名誉な話であった。

コンパニオンの効果は絶大のようで、王城を歩く人々が道を譲るようになる。

私には過ぎた扱いだと思っているものの、王妃殿下のご威光がとてつもないものなのだろう。

なるべく出歩かずに、大人しくしていようと心に誓った。

王妃殿下のコンパニオンに任命された翌日――コルヴィッツ侯爵夫人が侍女や護衛、アルウィンを連れてきてくれた。

「エルーシアさん！　ああ、よかった」

コルヴィッツ侯爵夫人は私を見た途端駆け寄り、ぎゅっと抱きしめてくれた。

ずっと心配していたらしい。アルウィンも私の周囲をくるくる周り、にゃあにゃあと甘えるように鳴いている。寂しい思いをさせていたようだ。

「こんなことになるのならば、第三王女のコンパニオンになるのを、強く止めていればよかった」

「いえ、その、いい勉強になりました」

今回の騒動で私が学んだのは、何かやられてもやりかえすな、賢く立ち回れ、ということだ。

ネーネが淹れてくれた紅茶でひと息つく。

侍女や護衛だけでなく、ネーネ自身も一緒にお茶を囲んだ。

「この子はネーネといいまして、わたくしの侍女として迎えようと考えております」

一応、事前に彼女についてコルヴィッツ侯爵夫人に報告していた。そのときは追及するような言葉はなかったものの、どう思うだろうか。ドキドキしながら反応を待つ。

「あら、いいじゃない。エルーシアさん自身が気に入った侍女を、傍に置いたほうがいいと思っていたところだったわ」

コルヴィッツ侯爵夫人は温かな微笑みをネーネに向ける。ネーネは緊張しつつも、控えめにはにかんでいた。

背が高い侍女や護衛に小柄なネーネが囲まれる様子は、大型の肉食獣の中に子猫が迷い込んだようにしか見えない。

けれどもみんないい女性《ひと》ばかりなので、優しく接してくれるだろう。

「それにしても、クラウスが余計なことを言ったようで、ごめんなさいね」

「余計というのは？」

「あなたのことを、悪魔大公の妻となる女性にふさわしい、だなんて発言したそうで」

「ああ、それでしたか」

絶妙のタイミングで現れてくれたおかげで、参加者全員の記憶に残るような発言だったのだろう。

「そのときのやりとりが小説になって、貴族の婦人向け雑誌に掲載されていて……。それがとてつもない評判を呼んでいて、続きが読みたいという熱烈な手紙が出版社に届いているみたいよ」

「つ、続きですか？」

「ええ」

コルヴィッツ侯爵夫人はその雑誌を持ってきてくれたという。それは私も読んでいた覚えがある雑誌である。

流行の最先端のドレスが掲載されていたり、巻末にはデパートで取り扱う新作のカタログがあったりと、この一冊でさまざまな情報を収集できるのだ。

その雑誌でもっとも人気なのは、社交界の素敵な男女の恋物語をロマンチックに書いた小説である。実話を元に構成されているという噂話は聞いていたが、まさか自分達がモデルになっていたなんて。

「今は過去編を連載しているの」

「か、過去編⁉」

「エルーシアさんが実家にいた時代のお話ね」

継母となるイヤコーベがやってきて、継妹となったジルケが私にいじわるをするシーンが、迫力ある表現で書かれていた。

「もしも迷惑であれば、出版社を訴えることができるのよ」

「ええ……」

複雑な気持ちがこみあげるが、書かれてある内容はすべて週刊誌などですでに面白おかしく報道されていたものである。しかし雑誌にある文章は、品があって丁寧に描写されていた。

私なんか、とんでもない美人に書かれてある。

「正直に申しますと恥ずかしいのですが、わたくしも以前はこの雑誌を愛読しておりましたし、小説のコーナーは楽しみでした」

きっと私と同じように、連載を楽しみにしている女性達がいるのだろう。

「ですので、見なかったことにします」

「そう」

「ただ、クラウスには絶対にバレないようにしたほうがいいと思います」

「それはもちろんよ。もしも知ったら、出版社を襲撃するに違いないわ」

そんなわけで、私達のなれそめについて書かれた小説は放置することに決めた。

コルヴィッツ侯爵夫人と話していたら、あっという間に三時間も経っていた。

日が暮れるので、帰るという。別れ際には、なんだか寂しくなってしまった。

「連れて帰りたいのはやまやまだけれど、まだここにいたほうがいいわ」

「記者が押しかけているのですよね？」

「王妃殿下から聞いたのかしら？」

「はい」

コルヴィッツ侯爵夫人は私の手を優しく握り、何も心配しなくていいと言ってくれた。

アルウィンは私のところで過ごすらしい。ネーネとも打ち解けた様子を見せていたので、心配ないだろう。

◇◇◇

その日の晩、予知夢をみるための計画を立てる。

これまで予知夢をみたときは、精神的な負担がかかったときだった。

今は快適に暮らしているので、夢にみないというのが現状である。

どうしたものかと考えた結果、刑務所にいるイヤコーベと面会することを思いついた。

イヤコーベとの面会を申し出ると侍女には止められてしまった。何か用事があるのならば、代行してくるとまで言ってくれたが、目的は彼女に会うよりも、精神的な負担がかかることである。なんとか説得し、イヤコーベと面会する機会を設けた。

以前より、月に一度くらいの頻度でイヤコーベに差し入れを送っていた。

刑務所から検閲を経て、手紙を送るのも可能らしいが、イヤコーベから感謝状が届いたことなんかない。

感謝されたくてやっているわけではないので、別にいいのだが。

ちなみに、殺人犯となったジルケには送っていない。というより、殺人を犯した者に差し入れはできないようになっているのだ。

彼女に関しては、同情の余地もない。父を手にかけたのだから。

ちなみにウベルも殺人蔵匿罪で拘束され、今現在は刑務所にいるらしい。我が国では殺人を知っていながらも、通報しなかった者にも刑罰が科せられるのだ。

予知夢で私を害した者達が全員刑務所にいるという現状に、頭が痛くなる。

イヤコーベとジルケは永遠に出所できないだろうが、ウベルは一年も満たないうちに出てくるだろう。それを考えると恐ろしい。彼に関しては、二度と関わり合いたくない。

侍女と護衛、それからネーネを連れて刑務所に向かう。

刑務所は王都の郊外にあり、鬱蒼とした森を抜けた先に建てられていた。

蔦《つた》が巻きついた古びた塔――国家監獄局《こっかかんごく》本部。通称刑務所だ。

国内の犯罪者のほとんどはここに収容され、受刑者の社会復帰支援及び刑の執行をする刑事施設である。

女性刑務官が出迎え、面会室まで案内してくれた。

内部は気味が悪いと感じるほど静かだ。誰もいないのではと思うくらい、物音ひとつしない。本当に受刑者達が収容されているのか、と疑ってしまうくらいである。

イヤコーベとの面会はさっさと済ませて、一刻も早く帰りたいと思った。

静けさに耐えきれず、前を歩く刑務官に話しかけてみた。

「あの、イヤコーベの普段の様子は、いかがですの？」

「彼女は……他の受刑者としょっちゅう喧嘩をしていました。最近は担当の刑務官とやりあっているようで、もめごとが絶えません」

「まあ」

なんというか、想像通りである。少しは落ち込んでいるだろうと思っていたのだが、どこにいてもイヤコーベは通常営業というわけだ。

「彼女の取り調べは終了し、刑務作業が始まったのですが、どの作業場でも取っ組み合いの喧嘩をするだけでなく、どの作業も適正が欠片もなく、担当の刑務官も困り果てているようです」

受刑者達には労役義務《ろうえき》が発生する。刺繍をしたり、革加工をしたり、印刷などをしたりと、さまざまな仕事があるらしい。

刺繍作業場では他の受刑者に針を刺し、革加工では金槌《かなづち》を振り回し、印刷工程ではインクをぶちまけるなど、酷いとしか言いようがない行為を繰り返しているという。

そのため、現在は個室に収容し、作業をこなさなければ食事が食べられないという罰則を科しているようだ。

さすがのイヤコーベも、食事を抜かれたら堪《たま》らないのだろう。渋々作業をしているらしい。

彼女についての話は尽きないようだ。

「リンデンベルク嬢、ひとつよろしいでしょうか？」

「なんですの？」

「なぜ、酷い目に遭っていたのに、健気《けなげ》に差し入れを送っているのでしょうか？」

「それは――」

もちろん、予知夢をみるために利用してやろうと思っているだけだ。父に薬を盛っていたかもしれない彼女に対し、善意なんて欠片もあるわけがない。

……なんて言えるわけもなく、やんわり誤魔化しておく。

「ただの自己満足ですわ」

女性刑務官は追及せず「なるほど」と返すばかりだった。納得してくれたようで、ホッと胸をなで下ろす。

面会室は教会の告解室のようになっており、ひとつの部屋が一枚の壁で遮られている。壁の中心がガラス窓になっていて、顔と顔を合わせられるようになっているのだ。また、声が聞こえるように、ガラスには小さな穴がいくつも開けられている。

椅子が置いてあり、そこに腰かけると、向こう側にいる女性刑務官が番号を口にする。

「受刑番号七七八、来い！」

シーンと静まり返っていたが、遠くからギャアギャアと叫ぶ声が聞こえてくる。

足音と共に近づき、扉が開いた。

イヤコーベは両手を縄で縛られた状態で現れ、女性刑務官二名に連行されるような形で入ってきた。

「あたしの名前は七七八じゃなくて、イヤコーベ・フォン・リンデンベルクだ！　シルト大公夫人なんだよ！　丁重に扱いな！」

相変わらずなイヤコーベの様子に、ため息しか出てこない。

ちなみにシルト大公夫人を名乗っていたが、父との婚姻はとっくの昔に無効となっている。そのため、イヤコーベは自称シルト大公夫人というわけだ。

イヤコーベは私に気付くと、ハッとなる。殊勝な態度なんて見せないと思っていたが、こちらを見るなりニヤリと笑った。

「あんた、あたしの保釈金でも払いにきてくれたのかい？」

「そんなわけないでしょう」

何をどう考えたら、私が保釈金を払うと思ったのか。まさかの一言だった。

「だったら、あたしを笑いにでもきたのかい？　意地が悪い子だね」

「わたくしも暇ではありませんので、そのような愚かなことはしません」

「なら、何をしにきたっていうのさ」

「お父様に薬を盛っていた件について、お聞きしたいと思いまして」

「知らないって言っているだろうが！」

はーー、と盛大なため息を返す。少しは反省したかと思っていたが、彼女はこんなところにいても変わらないらしい。

そんなイヤコーベに、ある取引を持ちかけた。

「もしも正直に答えていただけたら、〝対価〟をお渡しします」

私が言う対価に興味を引かれたのか、イヤコーベはぐっと接近する。

「対価ってなんだい？　ちょっとはいい物なんだろうね？　あんたが送ってくるのは、つまらないものばかりだから」

つまらない物、と言いつつも、私が差し入れたワンピースをしっかり着ている。

肌つやもいいので、化粧クリームなども愛用しているのだろう。

ちなみにこれまで差し入れたのは、聖人のありがたい言葉が書かれた本に、衣類一式、歯ブラシ、石鹸、洗髪剤などなど。

「今日はこれまで送っていなかったお品を、持ってまいりました」

ネーネが持っていたかごを受け取る。それを持ち上げ、イヤコーベに見せた。

「サフランの鉢植えですわ」

鉢植えを贈るというのは、その場に根付く、寝付くという意味合いがある。病人の見舞いなどには縁起が悪いので、避けなければならない品だ。

今のイヤコーベにはぴったりだと思い、持ってきたのだ。我ながら性格が悪いと思いつつも、彼女にもこっそり仕返しがしたかったので、鉢植えを選んだわけだ。

サフランは美しい紫色の花を咲かせている。花言葉は〝過度を慎め〟である。

控えめに、遠慮深く、物静かに過ごしてほしい、という願いを込めて選択した。

花を目にしたイヤコーベは、目をつり上がらせ、わかりやすく怒り始めた。

「ふざけているのかい！　このあたしに花を贈るなんて！」

「お花を贈ることがどうして、ふざけているのでしょうか？」

「花なんか、なんの役にも立たないだろうが！」

そんなことはない。見ていたら心癒やされるし、健気に咲いている様子から勇気づけられるときもある。

花蜜を提供し、昆虫や動物の花粉媒介によって、自然界にも大きな影響をもたらしている。

イヤコーベよりも社会の役に立っているのは間違いないだろう。

「咲いている花を見て、自分も頑張ろうと、思いませんか？」

「一度だって思ったことはないね！　あたしは受け取らないよ！　持って帰ってくれ！」

「わかりました。そこまで言うのであれば、今後、差し入れは止めることにいたします」

「は？　別に、他の差し入れを止めろだなんて言っていないだろう？」

「つまらない物だとおっしゃっていたので、これ以上送るのはおこがましいと思いまして」

「ば、馬鹿だね！　あたしがいらないのは、花だけだ！」

「今後も差し入れを受け取りたいのならば、父に盛っていた薬について、教えてください」

言わなければ、二度と差し入れなんかしない。そう宣言すると、イヤコーベは渋々と話し始める。

「あんたの父親に盛ったのは、判断能力が鈍る毒だ。致死性はない毒だが、他人の言いなりになってしまうらしい」

「それはどこで、誰から受け取りましたの？」

「酒場に出入りしていた男から受け取った物さ。どこの誰かは知らないよ」

「なっ――――!?」

「面会終了！」

女性刑務官が宣言すると、イヤコーベは先ほどと同じように連行される。

「ちょっと！　乱暴するなって言っているだろう!?」

彼女が騒ぐのは日常茶飯事なのか、女性刑務官は顔色ひとつ変えない。淡々とした様子で、イヤコーベの腕を引く。

「エルーシア！　今度はビフテキでも送ってきな！　あとは、ドレスを十着ほど仕立てるように！」

女性刑務官より「静かにしないか!!」と厳しく叱咤《しった》され、イヤコーベは「鼓膜が破裂するよ！」と言葉を返す。

騒がしい声は、だんだんと遠ざかっていった。

以上がイヤコーべとの面会であった。

少し会話をしただけなのに心労が大きく、深い深いため息をついてしまったのは言うまでもない。


その日の晩、私は久しぶりに予知夢をみた。

以前みた、クラウスを看取る場面と同じだったのだが、今回は声がはっきりと聞こえた。

それは、私自身の声であった。

「胸にケガを負っていなかったら、こんなことにはならなかったのに……！」

どうやらクラウスは死に瀕《ひん》する前に何者かの襲撃を受け、胸を負傷していたらしい。

ケガのせいで反応が遅れ、致命傷を負ってしまったというのか。

ひとまず、彼を死から遠ざけるヒントを得ることができた。

これがイヤコーべのおかげとは思いたくないのだが……。

とにかく、予知夢をみることは叶った。新たな対策を練る必要があるのだろう。

クラウスは普段、服の下に鎧をまとっている。それなのにケガをしてしまったというのは、どういうことなのか。

なんでも就寝時ですら、鎧は脱がないらしい。

ドレスの下に着用できる鎧を貰ったとき、斬新すぎると思っていたのだが、長時間着用できるように改良に改良を重ねたものだったのだろう。

鎧を着ている状態で、どうやったら胸を負傷するのか。戦いを知らない私では想像できない。

本でも読んで調べようか、と背伸びをしていたら、侍女と目が合う。

ここでハッとなった。戦いを知る人が近くにいたのだ。

「ねえ、あなた。質問してもよろしくって？」

「はい、なんなりと」

「鎧を常日頃から着用している人が、胸を負傷するような状況ってありえますの？」

不審がられてはいけないので、私が読んでいる推理物の本の話だということにしておく。

「鎧を着用している者が胸にケガ……ですか。国内の猛者《もさ》でそれを可能とするのはシュヴェールト大公くらいなのではないでしょうか？」

レーヴァテインの遣い手であるクラウスならば敵の鎧を打ち破り、胸に攻撃を加えることもできるだろうと侍女はいう。

「鎧は急所を守る物ですから、よほどの技量がない限り、胸にケガを負わせるのは難しいでしょう」

クラウスはいったいどのような状況で、胸をケガしたというのか。

おそらく、彼にとって不測の事態だったに違いない。

今度は別の方面から質問してみた。

「では、胸を負傷する未来が待っているとわかっていたら、どのような対策をしますか？」

「そうですね。胸に硬い鉄板か何か入れて、守りを補強すること……でしょうか？」

その話を聞いて、ピンと閃《ひらめ》く。クラウスはいつも、胸ポケットに銀の懐中《かいちゅう》時計《どけい》を忍ばせていた。

銀は加工しやすい金属として知られており、非常にやわらかく傷つきやすい。強力な攻撃から守ることなどできないだろう。

ならば、衝撃に強い素材で作った懐中時計を贈ったらいいのではないか。

「ねえ、種類豊富で珍しい懐中時計を扱っているお店をご存じ？」

「種類豊富……ですか」

普段、彼女達は懐中時計など持ち歩かないのだろう。首を傾《かし》げたまま、動かなくなってしまった。

そんな中で、ネーネが控えめに挙手する。

「あの、私、知っています」

中央街の路地裏に、懐中時計の専門店があるらしい。看板も出ておらず、わかりにくい場所にあるようだ。

「職人さんが懐中時計を作りながら営業している工房兼お店のようで、壁一面、懐中時計が飾ってあるようなお店でした」

「壁一面の懐中時計ですか。たしかに、種類豊富ですわね」

王城に呼んで品物を見せてもらおうかと思ったが、かなりの品数がありそうなので、直接足を運んだほうがよさそうだ。

「そのようなお店を、よくご存じでしたね」

「ええ……。父から昔、客人のために珍しい贈り物を用意するようにと命じられ、必死になって探し回ったことがありまして」

辛い記憶だったのか、ネーネの指先は少し震えているように見えた。そんな彼女の手を握り、感謝の気持ちを伝える。

「ネーネ、ありがとうございます。あなたのおかげで、わたくしが希望する懐中時計が見つかりそうです」

「お役に立てて、何よりです」

ネーネが微笑んでくれたので、ホッと胸をなで下ろした。

そんなわけで、外出届を提出し、明日になるのを待つ。

話が途切れたタイミングで、隣に寝転がっていたアルウィンが甘えてきた。

甘い声でにゃあにゃあ鳴く彼の顎の下を、かしかしと撫でてあげる。すると嬉しそうにぐるぐると喉を鳴らした。

イヤコーベとの面会によって精神的な疲労を感じていたが、アルウィンとの触れ合いによって癒やされた。

予知夢をみるには心を癒やしたらいけないのだろうが、また今度、イヤコーベと面会すればいいだけだ。未来の私、頑張れと心の中で鼓舞しておく。

翌日――護衛とネーネを連れて外出する。

アルウィンは侍女と一緒にお留守番だ。自分も連れていけと扉を爪でカリカリ掻いていたが、街中だと目立ってしまうので、泣く泣く置いてきた。

ネーネの案内で懐中時計の工房兼店舗を目指す。そこは路地裏の入り組んだ場所にあり、教えてもらったとしても、自力では辿り着けないような場所にあった。

看板もなければ、ショーウィンドーもない。

民家の裏口のような扉が、店舗に入る入り口のようだ。

「こちらです」

「え、ええ」

ネーネ曰《いわ》く、午前中ならばいつでも開いているらしい。建物の外観からして、人が住んでいるのかも怪しいように思えるのだが。

護衛が扉を開くと、ネーネが先に店内へ一歩足を踏み入れた。

「ご、ごめんください」

「おう」

ぶっきらぼうな男性の声が聞こえた。私も彼女に続き、入店する。

ネーネが話していたとおり、壁一面に懐中時計が展示されている。おそらく王都一の品揃えだろう。

お店の奥は作業スペースとなっていた。テーブルの上には、工具が雑多に広げられている。

奥にある椅子にどっかりと腰かけるのは、童話で見たドワーフに少し似ているもじゃもじゃの髭を持つ中年男性だった。彼が店主兼懐中時計職人なのだろう。

ネーネのことは覚えていたようで、「男爵家のお嬢さんじゃないか」と反応していた。

「今日は、お仕えしているエルーシアお嬢様が、懐中時計を探しているようでして」

「そうか。だったら勝手に見てくれ」

店主は私達の様子なんて気にせず、懐中時計作りを再開させていた。

お言葉に甘えて、店内の商品を見せていただく。

ずらりと並んだ懐中時計は、精緻《せいち》で美しい彫刻がなされ、見ているだけでほうとため息が零れる。

すべて職人の手作りのようで、ひとつひとつ丁寧に仕上げられていた。

貴族御用達《ごようたし》のお店らしく、美しさを第一に制作されているようだ。

材質は金や銀、水晶など、繊細で壊れやすそうな物ばかりである。

これではない、あれでもないと見ていく私の様子を不思議に思ったのか店主が問いかけてきた。

「どうした？　思っていた商品がなかったのか？」

「ええ」

「どういう懐中時計を探しているんだ？　ここにはすべての需要に応えられるだけの、種類豊富な懐中時計があるぞ」

とてつもない自信である。ならば、紹介してもらおうか。

「では、世界一屈強な懐中時計を見せていただける？」

「それはこれだろう」

天井に近い位置に飾ってある、眩《まばゆ》い輝きを放つ懐中時計であった。

「これは蓋をダイヤモンドで作った、国家予算三年分ほどの金額の懐中時計だ」

銀のチェーンに繋がった、それはそれは美しい懐中時計である。

ダイヤモンドは世界一硬い宝石と言われているものの、金槌などで叩くと割れてしまう。よって、命を守るために使うものではないのだろう。

「ダイヤモンドの強さは硬度――摩擦や傷に対する強さですわ。そうではなくて、靭性が高く打たれ強い懐中時計を探していますの」

「なるほど。そういうわけか」

屈強の種類を正しく理解した店主は、店の奥に消えていった。店内には飾っていない懐中時計もあるようだ。

しばらくすると、店主が戻ってきた。手にはひとつの懐中時計が握られていた。

それは鉄のような素材で、表面には何も加工されていない。

「これは、砲弾に使う金属と素材で作った懐中時計だ。至近距離から射られたクロスボウの矢すら跳ね返す、屈強なものだ」

私は手を痛めるから持たないほうがいいと言われ、代わりに護衛の女性が受け取る。

「こちらは――かなり重たいですね」

「そうだ。この国の要人が暗殺者に狙われ、心臓付近を守るために作ったんだが、重たすぎると返品されてしまったんだ」

これはクラウスのためだけにあるような品だろう。

値段を聞いたら、国王陛下から賜った見舞金で購入できる金額だった。すぐに小切手を書き、店主に差し出す。

「これが売れるとは思わなかったな。店頭に置いていても、誰も見向きもしなかったというのに」

値引きする予定だったようだが、私が小切手を用意し署名するほうが早かった。そのため、店主がおまけとして表面に加工を施してくれるという。

「とはいっても、この素材は彫ることができないから、銀に彫刻して貼りつけたものになる」

何か彫ってほしい意匠はあるのかと聞かれ、猫とヒイラギをお願いした。

猫はアルウィンのことで、私とクラウスにとっては癒やしと守護の象徴のような存在である。

ヒイラギは花言葉に、〝保護〟、〝剛直〟、〝用心深さ〟、〝先見の明〟がある。クラウスにふさわしい言葉ばかりだろう。

「だったら、今日の夜までに仕上げるから、人を寄越してくれ」

「ありがとうございます」

いい買い物ができたので、ホッと胸をなで下ろす。

店主に深々と頭を下げ、お店をあとにしたのだった。

途中、クグロフの専門店で留守番している侍女達にお土産を買い、アルウィンには乾物店で無塩煮干しを購入して帰った。

◇◇◇

帰宅すると、私宛てに手紙が届いていると侍女が持ってきてくれた。

封筒には猫の絵が描かれている。これはクラウスからの手紙だ。

なんでも昔、手紙を盗まれたことがあるようで、差出人を示す場所に絵を描くようになったのだとか。陛下に送るときは旗、鉄騎隊の部下に送るときは剣、そして私に送るときは猫なのだ。

封を開くと、今晩戻ると書かれてあった。タイミングよく会えるらしい。

便箋を封筒に収め、侍女らを振り返る。

「今晩、クラウス様が戻ってまいりますので、今から身なりを整えていただけます？」

小首を傾げ、かわいらしくお願いしたら、侍女達は頬を染めつつ「もちろんです」と気合いたっぷりな返事をしてくれた。

私が着飾りたい、というのが珍しかったからだろうか。侍女達はこれから初夜を迎える花嫁に施すような手入れをしてくれた。

おかげさまで髪はさらさら、爪先はキラキラで、体はどこもつるつるである。

サルヴィアブルーの華やかなドレスに袖を通し、髪は優雅に結い上げられた。

どこから持ってきたのか、ダイヤモンドの首飾りや耳飾りなどを次々と装着させられ、姿見で確認するように言われる。

「あの、このダイヤモンドの装飾品はいかがなさいましたの？」

「シュヴェールト大公からの贈り物ですが、ご存じなかったのですか？」

「初めて目にしました」

「シュヴェールト大公から、金庫にある宝飾品はエルーシア様の品なので、大事に管理するよう言われていたのですが」

金庫の存在すら知らなかった。侍女の案内で見にいくと、壁に埋め込まれるような形で金庫があった。普段は隠されていたらしく、把握すらしていない。

そして、金庫の中にはダイヤモンドやエメラルド、サファイアなどの宝飾品の数々が並べられていた。いつの間にこんなに揃えたのか。頭が痛くなりそうだった。

大公の妻となる女性であればこれくらい所持していても不思議ではないのだが、まだ結婚していないのに気が早すぎると思ってしまった。

こんなによくしてもらっても、私が返せるものなんて予知夢をみることくらいしかないのに。

ため息を吐くのと同時に、頼んでいた懐中時計が届いたという知らせを受ける。

木箱の蓋を開くと、凛々《りり》しい猫とヒイラギが彫られた銀の蓋が見えた。

アルウィンのイメージをしっかり伝えたからか、そっくりである。

「ねえ、見て。これ、アルウィンよ」

「にゃあ！」

アルウィンもお気に召してくれたのか、尻尾をピンと立てて甘い声で鳴いていた。

ヒイラギも美しく彫ってもらっている。

「あら、蔦まで彫ってありますのね」

作業をしているうちに、気分が乗ってきたのだろうか。

蔦の花言葉は、〝永遠の愛〟、〝結婚〟である。婚約者への贈り物としては、これ以上ないくらいぴったりの意匠だ。

「蔓《かずら》ではなくて、よかったです」

私の呟きに、ネーネが首を傾げる。

「エルーシア様、蔓だと何か問題なのですか？」

「蔓の花言葉は、〝束縛〟、〝死ぬまで一緒〟——なんだか怖いでしょう？」

「で、ですね」

懐中時計店の店主には誰に贈るかなど相談していなかったのだが、うっすら察してくれたのだろうか。花言葉なんか知らず、偶然施した可能性も高いが。何はともあれ、クラウスがやってくる前に間に合ってよかった。

「店主に差し入れたお菓子などにも、感謝の気持ちを伝えてほしいとおっしゃっていました」

「そう、よかった」

どこかの誰かさんとは違い、差し入れを喜んでくれたようだ。


それから一時間もしないうちに、クラウスが帰ってきた。

侍女や護衛は退散し、ふたりきりとなる。

いつもの黒衣に身を包んだ姿でやってくると思っていたのに、昼用礼装《フロックコート》を纏っていたのには驚いた。

「どうかなさいましたの？」

「何がだ？」

「いつもは返り血を浴びた黒衣でいらっしゃるものだから」

さらに、目は充血していて、隈《くま》もあるというのが仕事帰りのクラウスであった。

「あれは――一刻も早くエルーシアに会いたかったから、なりふり構わない姿でいただけだ」

前回のパーティーのときに、正装姿を見る私の瞳が輝いているのを見て、身なりはきちんと整えようと心に誓ったらしい。

「それに、血まみれの恰好では、エルーシアを抱きしめることができないからな」

それを聞いた私は、クラウスの胸に思いっきり飛び込む。

触れる瞬間にぴょんと跳び上がったら、ひょいっと軽々抱き上げてくれた。

クラウスの腕に座るような体勢となり、逆に困惑してしまう。

「あ、あの、この体勢はクラウス様がお辛くありませんの？」

「エルーシアならば三人ほど抱えられる」

「わたくしはそんなにおりません」

「そうだな。いたら困る」

突然くるくる回り始めるので、慌ててすがりついてしまった。

何をするのかと肩を叩いて抗議したら、ゆっくり止まる。

「もう！　なんなのですか」

「エルーシアに会えたのが嬉しくてつい」

「あら、そういうことでしたのね」

私に会えたのが嬉しいあまり、くるくる回ってしまうなんて、まるで大型犬である。

以前、私が勇気を振り絞ってした求婚を、無表情で「お断りだ」なんて言った男性《ひと》と同一人物には見えない。

クラウスは長椅子の上に私をそっと座らせ、自身も隣に腰かける。

「会いたかった」

「わたくしも」

唇が少し触れ合うだけのキスをする。それだけしかしていないのに、胸がバクバクと高鳴っていた。

顔が火照っているような気がして、指先で冷やす。

「あ、そう！　わたくし、クラウス様に贈り物がございまして」

「なぜ？」

真顔で問われる。誕生日でもないのに用意したので、不審に思ったのだろう。

「金庫の宝飾品のお礼ですわ！　わたくし、驚きました。まさかクラウス様が、あんなに宝飾品を購入されていたなんて」

必死に頭を回転させ、言い訳を口にした。

クラウスが何か言う前に、テーブルの上にあった懐中時計の木箱を指し示す。

「こちらです。どうぞ！」

クラウスは木箱を手に取った瞬間、片眉をぴくりと動かす。

「あの、やはり重たいですか？　わたくし三人を持ち上げられるクラウス様ならば、なんてことのない重量だと思うのですが」

「これくらい、重く感じない。だが、中に何が入っているのかと思って」

蓋を開いたクラウスは、懐中時計を目にした瞬間首を傾げる。

「懐中時計の重さではなかったのだが」

「特注品ですわ」

クラウスにぐっと接近し、蓋に彫られた猫がアルウィンのイメージで、ヒイラギにはどんな意味があるのかと早口で捲《まく》し立てる。

「お守り代わりですので、どうか肌身離さず、胸ポケットにしまっていてくださいませ！」

念のため、「絶対に胸ポケットですよ！」と強調しておく。

「ああ、わかったから。ありがとう、大切にする」

侍女や護衛は懐中時計を両手で扱っていたが、クラウスは片手で難なく持っていた。きっと、彼にとっては重たい品ではないのだろう。

「エルーシア」

「なんですの？」

「私は胸を討たれて倒れるのか？」

鋭い指摘に、思わず黙り込んでしまう。これでは肯定しているようなものだろう。

どうやら、私の目論見はお見通しだったらしい。忠告するつもりだったものの、なかなか言い出せなかったのだ。

ズバリと見抜かれてしまったので、この際だと思ってこくりと頷いておく。

「わかった。気を付けておこう」

クラウスはそう言って、懐中時計を胸ポケットにしまってくれた。

ひとまず、危機が迫る可能性を伝え、対策として懐中時計を渡した。これで、予知夢でみた未来よりも状況はよくなってきていると信じたい。

「それはそうと、まだ例の王女は国に帰っていないようだな」

「ええ」

国からも迎えがやってきて、第三王女の説得を試みているようだが、なかなか頷かないという。

今日なんかは隣国から第三王女と結婚したいという求婚者が三名もやってきたようだが、お眼鏡にかなわなかったようだ。

枢密院の議員達もどうしたものかと頭を悩ませ、話し合いを重ねているという。

なんでも第三王女が滞在することによって警備費や接遇費がかさんでいるらしく、現時点でとんでもない金額になっているらしい。

「夜な夜な大量のシャンパンを頼んで、侍女達と騒いでいるようだ」

傷心だと言って大人しく引きこもっていると思いきや、とんでもないお姫様である。

一刻も早く帰国してもらいたい、というのが国王陛下と議員達の願いなのだろう。

貴賓として滞在している以上、引きずってでも帰らせるなどできないのだ。

「話し合いを重ねた結果、王妃殿下の助言を受け、ピクニックに第三王女を誘うことにしたらしい」

「ピクニック、ですか」

国の行事だと言って誘ったら、第三王女も参加するかもしれない――というのが王妃殿下の目論見のようだ。

今は紅葉のシーズンでもあるし、暑さは和らいで過ごしやすくなった。ピクニックにうってつけなのだろう。

「第三王女は名誉を回復する機会を虎視眈々《こしたんたん》と狙っているだろうから、必ず参加するだろう」

「なるほど。さすが、王妃殿下ですわ」

当日参加するのは、王妃殿下と侍女達、それから上級貴族の夫人だという。

開催は一週間後で、行き先は馬車で一時間ほどの場所にある、国王陛下の私有地らしい。

女性陣はお茶会を、男性陣は狩猟をして、楽しい時間を過ごすのがピクニックの表立った趣旨のようだ。

「王妃殿下の侍女も同行するということは、わたくしも行かなければなりませんのね」

「そうだな。私も、次の任務が終わっていたら、参加できるだろう」

「クラウス様もいらっしゃるの？」

「ああ」

ピクニックはパートナー同伴で行くことになっているようだ。国王陛下は警備面の関係で参加できないが、それ以外の者達は可能な限り夫や婚約者を同行させる予定だという。

「例の第三王女と結婚したい求婚者も招待するようで、そこで彼らがいいところを見せたら、評価も変わるかもしれない」

第三王女が求婚者の誰かをお気に召し、そのまま帰国するというのが最大の狙いなのだろう。

「第三王女のせいで、とんでもない事態になってしまったな」

「ええ」

さらにクラウスの知らないところでは、私達のことが小説化し、爆発的な人気になっている、なんて情報は口が裂けても言えるものではなかった。

◇◇◇

クラウスは帰ってきた日に、また別の任務を遂行するために屋敷を発《た》った。

少しも休まる時間はなかったようだ。

任務中、私との手紙のやりとりが癒やしだった、と言っていたので、手紙が届いたら返事を優先して書かなければならないだろう。

ピクニックについては翌日、正式な招待状を王妃殿下直々に受け取った。

「――というわけで、フラヴィ王女殿下に帰国を促すためのピクニックですの」

通常、このシーズンは狩猟大会を行う。獲物を狩り、パートナーとなった女性に捧《ささ》げるのだ。

優勝した者はとてつもない名誉を得るのと共に、夜に行われるパーティーの主役となる。

女性側はダイヤモンドのティアラが贈られるのだ。

狩猟大会はパートナー必須で、特定の相手がいない第三王女は参加しないかもしれない。そんな事情があったので、ピクニックに変更となったようだ。

「エルーシアはもう二度と、フラヴィ王女殿下の顔など見たくないと思うのですが」

「いいえ、平気ですわ」

フラヴィ王女殿下は負けず嫌いで、私を見返す機会を狙っているだろう。そのため、私の参加は必須のようだ。

「フラヴィ王女殿下がどんな女性《ひと》かも知らずに受け入れていたら、我が国は大変なことになっていたでしょうね」

お金を湯水のように使う生活を送っているという。そんな第三王女が王妃となったら、国の財政はあっという間に傾いてしまうだろう。

「エルーシアがいなかったら、彼女の裏の顔に気付いていなかったでしょう。心から感謝しています」

「もったいないお言葉です。その、クラウス様が情報収集をされていたようですから、わたくしが騒動を起こさずとも、王妃にふさわしくないと判断されていたでしょうが」

「ええ、そうかもしれません。けれども、自分の目で見たという事実もまた、大事なのですよ」

情報のみだった場合、隣国を支持する議員の意見を却下させるのに時間がかかっていただろうと王妃殿下は話す。

「ですので、エルーシアの騒動と、クラウスの情報、両方必要だったわけです」

私だけでなく、クラウスの働きも評価されて嬉しくなった。

その後、秋の花で何が好きか、という話題でひとしきり盛り上がっていたのだが、王妃殿下は国王陛下の侍従に呼ばれて去っていく。

侍女と護衛だけが残った空間で、はーーとため息が零れた。

◇◇◇

誰もが寝静まるような夜——扉が叩かれる。私よりも先にアルウィンがむくりと起き上がり、肉球を私の頬へ押しつけてくる。

「ううん……アルウィン、肉球はお腹いっぱい、ですわ」

「にゃう！」

寝ぼけ眼だったが、耳元で鳴かれて意識が鮮明になっていく。

「エルーシア様、夜分に申し訳ありません。少しよろしいでしょうか？」

「ええ、どうぞ」

アルウィンが扉に近付き、爪先でカリカリ掻く。すると、侍女が扉を開いた。

「どうかなさって？」

「その、それが——」

いつもはハキハキ喋る侍女が、言いよどむ。もしや、クラウスに何かあったのだろうか。

慌てて起き上がり、ガウンを羽織る。

「もしかして、クラウス様のことですの？」

「いいえ、そうではなくて」

クラウスでないのならば、私を起こしてでも言わなければならないことはなんなのか。まさか、コルヴィッツ侯爵夫人のことなのか、と口にしようとした瞬間、侍女が報告する。

「フラヴィ王女殿下がエルーシア様にお会いしたいと、訪問されました」

「え？」

こんな時間に何用だというのか。

王妃殿下にも直接会うことを拒否したという話だったのに、私に会いにくるなんて……。

嫌な予感しかしなかったが、私が一国の王女を追い返すわけにはいかないだろう。

侍女に髪だけ整えてもらい、ガウン姿のままで第三王女が待つ部屋に移動した。

第三王女は寝椅子にもたれかかり、優雅にワインを飲んでいる。

髪は結わずに垂らしており、肌が透けそうなくらい薄い生地のシュミーズドレスを纏っていた。

「ごきげんよう、エルーシア・フォン・リンデンベルク。いい夜ね」

侍女や護衛を連れずに、単独でやってきたようだ。少し酔っているのか、頬や首筋が赤い。とろんとした目付きで、私を見つめている。

「あの、こちらへはどうやっていらしたのですか？」

王族と王族に準ずる者しか入ることができない階なのに、どういう手段を使って忍び込んだというのか。

「カールハインツ殿下のお部屋に遊びにいっていたの。その帰りに立ち寄ったのよ」

第三王女の言うカールハインツ殿下というのは、国王陛下の弟君である。

既婚者であるカールハインツ殿下と、第三王女が部屋で何をしていたというのか。頭が痛くなるような話を聞いてしまった。

「このお部屋、私のために用意された部屋より豪華だわ。あなた、本当に生意気ね」

「こちらは国王陛下直々に賜った部屋ですの。わたくしが望んで得たものではございません」

「そういうところが生意気だって言っているのよ」

かなり酔っ払っているのか、いつになく喧嘩腰である。

ここで何かトラブルに巻き込まれたら面倒だ。侍女に目配《めくば》せし、第三王女の護衛を呼んでくるよう命じた。

「ご用件はなんなのでしょうか?」

「ああ、そう！　そうだったわ」

第三王女は起き上がり、満面の笑みで信じがたいことを口にした。

「私、シュヴェールト大公と結婚することに決めたの！」

一瞬、聞き違いかと思った。

啞然とする私に、第三王女は重ねて宣言する。

「クラウス・フォン・リューレ・ディングフェルダーは、私の夫になるのよ」

「フラヴィ王女殿下、いったい何をおっしゃっているのですか？」

「彼、王太子よりも魅力的な男性だったの。だから、私のモノにしたくて」

いったい何を言っているのか。欠片も理解できない。

眉間の皺《しわ》を解《ほぐ》しているうちに、そういえばと思い出す。

第三王女の歓迎パーティーのさいに、彼女はクラウスを目にしている。そのときに、一瞬にして見初めたようだ。

こういう事態を招くのであれば、クラウスには正装姿ではなく、いつもの黒衣で来てほしかった。今さら思っても遅いのだが……。

「クラウス様は、わたくしの婚約者です」

「知っているわ。だから、こうして話をしにきたじゃないの。今すぐ、婚約破棄しなさい」

せっかく手にした幸せを、なぜ手放さなければならないのか。彼女の発言から考えに至るまで、筋道など何もかもがめちゃくちゃだ。

「クラウス様との婚約を、解消するつもりなんてありません」

「あら、いいの？」

「何がいい、とおっしゃるのでしょうか？」

「あなたのお兄様のこと。婚約破棄したら、黙っておくけれど。もしも応じないのであれば、私、ピクニックでうっかり喋っちゃうかも」

どくん、と胸が大きく脈打つ。

兄が隣国でやらかした出来事は、シルト大公家にとって、とんでもない醜聞である。鼻つまみ者となるのは私だけであればいいのだが、婚約しているクラウスにも悪影響を及ぼすだろう。

なぜ、兄は迂闊《うかつ》な行動をしてしまったのか。心の中で頭を抱え込む。

「婚約者であるシュヴェールト大公の評判を地に落としてでも、結婚したいと望むくらい、あなたは強欲なのかしら？」

強欲——そうかもしれない。私は未来を変えるために、さまざまなことをしてきた。

本当に彼のことを想うのであれば、婚約を解消すべきだ。

けれども今の私は、何があろうとクラウスと結婚したいと思っている。

自分勝手でしかないので、強欲ほどふさわしい言葉はないのだろう。

「強欲でけっこうです」

「え？」

「わたくしはクラウス様との婚約を解消するつもりはございません」

「あなた、何を言っているの？　あなたのお兄様のせいで、シュヴェールト大公が爪弾《つまはじ》き者にされる可能性があるのに」

「わかっております」

私を選ぶか、世間の評判を選ぶか、最終的に選択するのはクラウス自身だ。今、私が脅されるようにして決めることではないことは確かである。

「あなた、信じられないわ！　下品で、欲深くて、自分のことしか考えていない！」

第三王女はふらつきながらも立ち上がり、私のもとへやってこようとした。しかしながら、護衛が制する。

「ちょっと！　じゃましないでちょうだい！　私は、この娘の頬を引《ひ》っ叩《ぱた》かないと気が済まないの！」

ぎゃあぎゃあと騒いでいるうちに、第三王女の護衛がやってきた。

「フラヴィ王女殿下、落ち着かれてください！」

「お部屋へ案内いたします！」

護衛が左右前後を囲み、連行するように第三王女を導いてくれる。

最後に、護衛は会釈したあと扉を閉めた。

はーーーー、と深く長いため息が零れる。

なんというか、突然の嵐に遭ったような疲労感に襲われた。

「みなさん、お騒がせをしました」

「とんでもないことでございます」

ホットミルクでも飲みますか？　と聞いてくれたが、アルウィンを抱きしめていたら眠れるだろう。

侍女や護衛と別れ、再度眠りに就いたのだった。

◇◇◇

あっという間に一週間経ち、ピクニックの当日になった。

結局、クラウスは仕事が立て込んでいるのか、戻ってきていない。

第三王女との一件があったので、彼女とクラウスが会う機会がなくてホッとしたような、クラウスと会えなくて残念なような……。気分は複雑であった。

身なりを整えたあと、出発まで少しだけ時間が余った。暇つぶしにクラウスから受け取った手紙を読んでいたら、突然窓が開いた。

「エルーシア、帰った」

「なっ⁉」

黒衣に身を包んだクラウスが、窓からひょっこり現れたではないか。

心臓が口から飛び出たのではないのか、というくらい驚いてしまう。

「クラウス様‼　ここが何階かご存じなのですか⁉」

「二階？　三階？」

「六階です‼」

なんでも壁をよじ登ってきたらしい。呆れた話である。

ふと見れば、クラウスの顔に血が付着しているのに気付いてギョッとした。

「クラウス様、お顔に血が付いております」

「赤いのは返り血だ。なんともない」

ホッと胸をなで下ろす。予知夢でみていた胸の負傷は、今回の任務のことではなかったようだ。

「どうして窓からいらっしゃったのですか？」

「ピクニックに参加しようと思って、急いでいたから」

「陛下へのご報告は？」

「部下に任せてきた」

クラウスは返り血をたっぷり浴びたので、お風呂に入りたいと言う。

第三王女について考えるとそのままでいいのでは、と思ってしまった私は非常に性格が悪いだろう。

「エルーシア、どうかしたのか？」

「いいえ。もうすぐ出発ですので、急いでくださいませ」

「ああ、わかっている」

そんなわけで、クラウスもピクニックに参加することとなった。

アルウィンとネーネにはお留守番を命じた。アルウィンは行きたがっていたものの、人が多い場所かつ銃声が聞こえる場所になので、落ち着かないだろう。

ネーネは第三王女とのいざこざがあったので、行かないほうがいいと判断した。

クラウスは白いシャツにタイを巻き、狩猟用のテイルコート、ズボンを合わせた姿で戻ってきた。

帽子をどれにしようか迷っているらしい。従僕が次々と持ってきて、テーブルの上に広げていく。

鹿撃ち帽《ディアストーカー》に、ハンチング帽、中折れ帽に、シルクハット――と種類豊富にあった。

「エルーシア、どれがいい？」

「そうですわね。その恰好には、シルクハットがいいのではないでしょうか？」

クラウスがシルクハットを被ったあと、ドレッサーの引き出しに入れておいたフクロウの羽根を取り出し、帽子に差し込む。

従僕が姿見を持ってきてくれたので、確認してもらった。

「これは――」

「以前、クラウス様にいただいたものですわ」

お土産だと言って私に突然くれたのだ。何かに使えると思い、丁寧に洗って保管していたのである。

「帽子がよりいっそう素敵になりましたが、いかがでしょうか?」

「すばらしいな」

もう一本手に取り、私の帽子にも差し込んだ。

「これで、お揃いというわけか」

「ええ。いかがかしら?」

スカートの裾を摘まみ、くるりと一回転してみる。

「よく似合っている」

「ありがとうございます」

フクロウは縁起がいい鳥なので、あやかりたい。今日一日、何も起こりませんように、と祈ったのだった。

王城前の広場には、数台に渡って馬車が用意されていた。

一台だけ、金をたっぷり使った贅沢《ぜいたく》な馬車が停《と》まっている。

「クラウス様、あれはいったい……?」

「ピクニックに乗っていくには、趣味が悪いな」

式典用に使う目的ならば、ふさわしかったのだろうが……。

王妃殿下の趣味とは思えない、なんて考えていたら、背後より声が聞こえた。

「シュヴェールト大公、ごきげんよう」

普段よりも甘い声色で話しかけてきたのは、第三王女だった。

三名の婚約者候補と侍女、護衛を引き連れ、堂々と登場する。

「初めてお目にかかるわね。わたくしはフラヴィ・メイサイユ・ド・ドルイユよ」

第三王女はクラウスに接近し、金の馬車を示した。

「あれは私が国から持ってきた、金の馬車《ゴールド・ステイト・コーチ》なの。とても美しいでしょう？」

結婚式に使うために、船でわざわざ運んできたのだという。胸を張り、自慢げに語っていた。

やはり、あの馬車は式典用だった。ならば、長距離走行に向かないのではないか、と思ったものの、口は災いの元である。もしも問題があれば周囲の者達が指摘するだろうから、ここは黙っておいたほうがいいだろう。

先ほどからクラウスの反応がないのだが、第三王女は構わずに喋り続ける。

「シュヴェールト大公ひとりであれば、乗ることができるわ。いかが？」

「いいえ、結構」

クラウスがそう答えた瞬間、北風が枯れ葉を巻き上げながらひゅーっと吹いていく。

話は終わったとばかりに、クラウスは私の腕を取ると自分達の馬車へ乗りこむ。

侍女や護衛は別の馬車で来るよう命じ、扉を閉めて鍵までかけていた。

通常、結婚前の男女はふたりきりで馬車に乗らないのだが……。

「クラウス様、王女殿下だけでなく、なぜ侍女や護衛も遠ざけたのですか？」

「これから眠るから」

クラウスはシルクハットを脱いで座席に置く。私が差してあげたフクロウの羽根だけ手に取って、胸ポケットに差していた。

「エルーシア、膝を貸してくれ。しばし休む」

「もしかして、昨晩は眠っていませんでしたの？」

「そうだ」

座席の端により、膝をぽんぽんと叩く。すると、クラウスは私の隣に腰かけ、寝転がる。そして、頭を預けてくれたのだった。

足が長いので、膝を曲げなければならないらしい。なんとも気の毒な話である。

「今日は家で大人しく眠っていたらよろしかったのに」

「エルーシアと過ごせる時間を無駄にしたくない」

「わかりました」

きっと私と第三王女の関係を心配し、無理にでも同行してくれたのだろう。

移動時間は一時間ほどしかない。一刻も早く眠ったほうがいいだろう。

クラウスの目元にハンカチをかけ、胸をぽんぽん叩いて寝かしつける。

「……ハンカチでエルーシアが見えない」

「わたくしを見ないで、ぐっすり眠ってください」

前髪を梳《くしけず》るように撫でているうちに、スースーと寝息が聞こえる。

なんというか、巨大な肉食獣が心を許してくれたような気持ちだ。

人に慣れる生き物なんだな、とクラウスをまじまじと眺めてしまった。

あっという間に移動時間は終わり、クラウスはシャッキリと目覚める。数秒前まで眠っていた人とは思えないくらいの、寝起きのよさだった。

馬車はほとんど到着していた。私達の馬車はクラウスが眠っていたので、急がなくてもいいと言っていたのだ。

金ぴかな馬車はまだ到着していない。あの馬車も、優雅にゆっくり走っているのだろう。

女性陣は狩猟館の近くにある湖へ行き、男性陣は森へ獲物を狩りにいく。

「クラウス様、どうかお気を付けて」

「ああ」

ケガなく戻ってくることが一番のお土産です。そう言いながら、クラウスの胸ポケットにあったフクロウの羽根を手に取り、もう一度帽子に差してあげた。

「では、行ってくる」

「行ってらっしゃいませ」

侍女と護衛に囲まれ、湖を目指す。

湖の周辺にはイチョウやカエデが植えられており、黄色や赤に染まっていた。色付いた葉を湖が鏡のように映している。

なんとも美しい光景であった。

湖にはすでに王妃殿下がいて、私達を迎えてくれた。

「みなさん、今日は楽しんでくださいね」

湖のほとりには敷物がいくつも広げられ、日避《ひよ》けの大きな傘が立てられていた。周囲から視線が遮られており、のんびり過ごせるようになっているのだろう。

湖にもっとも近い場所に王妃殿下の侍女が私を案内してくれた。次々とお菓子を運んできてくれる。

目玉は摘み立てベリーのジャムと、スコーンらしい。

王妃殿下はにっこりと微笑みかけ、貴婦人達に声をかけて回る。

「今日のお茶会は、フラヴィ王女殿下がお手伝いをしてくれました。まだいらっしゃっておりませんが、彼女にも感謝していただけると嬉しいです」

お茶会の準備を手伝うなんて、さっそく名誉を回復させるために工作をしていたのか。

この日傘も第三王女のアイデアらしい。悔しいけれど、他人からの視線を遮ってくれるので、ありがたく思ってしまった。

「まだフラヴィ王女殿下はいらっしゃいませんが、格式高い集まりではありませんので、スコーンと紅茶が温かいうちに召し上がってください」

お言葉に甘えて、いただくことにした。ミルクティーの濃厚で品のある味わいが、スコーンとよく合う。

スコーンを食べ終え、ミルクティーを飲み干したのと同時に、第三王女がやってきた。

「王妃殿下、参上が遅れまして、申し訳ありませんでした。ここに来るまでの道がでこぼこで、馬車が上手く走らなかったようで」

「あら、そうでしたの。大変でしたわね」

遅れた理由を国王陛下の私有地でもある道のせいにするなんて、酷いとしか言いようがない。

あの金ぴかな馬車は街を優雅に走るための馬車で、長距離を走るために作られていなかった、と正直に言えばいいのに。

第三王女のために用意された敷物と日避けは、私が座っている場所からもっとも遠い位置にあった。

それなのに、第三王女は私のもとへやってきて、にこやかな様子で話しかけてくる。

「エルーシア、隣に座ってもいいかしら?」

よくない。ぜんぜんよくない。そう思っていたが、拒否するわけにはいかない。

「ええ、どうぞ」

満面の笑みを浮かべ、隣を指し示したのだった。

第三王女の侍女がミルクティーのお代わりを運んできてくれた。

私と関わり合った侍女ではないものの、第三王女の息がかかった者から受け取った紅茶は飲みたくない。飲んでいるふりをして、なんとかしのごう。

「今日はなんだか、暖かいわね。なんだか汗を掻いてしまったわ」

第三王女はそう言って、ドレスの上に着ていたティードレスのジャケットを脱ぐ。すぐに傍で待機していた侍女が回収する。

「エルーシアは暑くないの？」

「いえ、特に暑さは感じません」

むしろ少し肌寒いくらいである。

彼女はいったい、何が目的で私に接近してきたのか。これ以上、第三王女と関わり合いになりたくなかったのだが……。

「今日は、エルーシアに謝りたいと思って」

「わたくしに、何を謝るというのですか？」

「いろいろと」

計算高い彼女が、人に見えないように謝罪する理由は？

第三王女の性格ならば、王妃殿下の前で謝罪し、私と仲直りしたとアピールするだろう。

周囲の目を遮る大きな日避けの下からだったら、王妃殿下は様子を窺《うかが》えない。

と、ここで気付く。

先ほどまで第三王女の傍にいた侍女がいなくなっていた。

視線を彷徨《さまよ》わせると、すぐに発見する。そこは第三王女のために用意された敷物と日避けの近くだった。

なぜか、先ほど第三王女から受け取ったジャケットを着用していた。侍女は髪色とドレスの色が第三王女にそっくりなので、背後から見たら本人だと勘違いしてしまいそうだ。

「エルーシア、湖に珍しい魚がいるそうよ。見てみましょう」

「え、ええ」

侍女の行動に引っかかりを覚えつつ、湖の傍まで歩いていった。

「どんな魚がいる――」

言いかけた瞬間、悲鳴が聞こえた。王妃殿下がいるほうから聞こえる。

すぐに、私の侍女が叫んだ。

「王妃殿下が何者かに襲撃を受けています」

「みんな、急いで加勢して！」

護衛と元傭兵の侍女が王妃殿下の救援に向かう。

襲撃者は十名以上いる。周辺には騎士が大勢いたのに、どうやってすり抜けてきたというのか。

「フラヴィ王女殿下、安全な場所に――」

彼女を振り返ろうとした瞬間、ドン！　と背中を押される。

「え？」

勝ち誇ったような表情を浮かべる第三王女の姿を見ながら、私は湖の中に落ちていった。

浅瀬だと思っていたのに、私の体がみるみるうちに沈んでいく。

まさか、こんなに深い湖だったなんて。

もがけばもがくほど、体は浮かばずに水底へ近付いているような気がした。

どうして？　と思っていたら、足首に鉄のアンクレットが装着され、鎖で繋がった先に鉄球が付いていた。その重みで、どんどん沈んでいるようだ。

おそらく、王妃が襲撃を受けたと聞いて慌てているうちに、こっそり付けたのだろう。

鉄臭い水だ――と思った瞬間、ハッとなる。

以前、湖で溺れる夢をみていた。あのとき、私をあざ笑っていたのは、イヤコーベとジルケ、ウベル以外に兄や父もいた。

皆、私の周囲からいなくなったので、未来が変わってしまったというのか。

息苦しくなって口の中の空気を吐き出すと、ゴポゴポと漏れてしまった。

苦しい……辛い……。どうして私ばかり、こんな目に遭うのか。

クラウス、助けて――そう思った瞬間、帽子が外れ、差してあったフクロウの羽根だけ目の前に飛び込んでくる。

それは、希望の翼のように思えた。手を伸ばし、フクロウの羽根を手に取る。その瞬間、アイデアが浮かんだ。

アンクレットはどうあがいても外れないが、靴を脱いだらなんとかなりそうだ。

急いで靴紐《くつひも》を解いていく。

もう息は限界に近い。けれども、絶対にここで諦めたくなかった。

必死に靴を引っ張って脱ぎ、アンクレットを両手で摑んで引っこ抜く。

アンクレットは踵《かかと》を通り、足の甲を通って抜けた。

「――!!」

体が自由になった。残った力をすべて使い、両手で水を搔き、足をバタバタと動かして水上に出ようとする。

水分を吸ったドレスが、行く手を阻む。しかし、私は諦めないし負けない。

空から差し込む太陽の光目がけて泳ぎ、水上へと顔を出した。

「ぷはっ——!!」

ちょうど、湖のほとりに私の侍女がいて、突然現れた私に驚愕《きょうがく》していた。

「エルーシア様!!」

侍女が湖の中に入り、手を差し伸べてくれる。

「いったいどうして——!?」

必死の形相で問いかけてくる侍女の背後に、第三王女を発見する。

戻ってきた私を見て、残念そうな表情を浮かべていた。

侍女の手を借りて陸に上がった瞬間、第三王女は周囲の者達に聞こえるよう、大きな声で叫ぶ。

「みなさん、エルーシアは湖にいたわ!!」

他の女性陣も、王妃殿下の襲撃から遠ざかるために、湖のほとりにいたようだ。

第三王女を睨んだ瞬間、咳き込んでしまう。喉からこみ上げてくるものがあり、すぐにこれは血だと察した。

「げほっ、げほっ、げほっ!!」

両手で押さえたものの、大量の血だったようで、ぽたぽたと零れてしまう。

女性陣から悲鳴が上がった。

予知夢でみた未来を変えた代償だが、いつもより出血が酷い気がする。

この能力自体が謎に包まれているので、考えてもわかるわけがないのだが。

襲撃阻止の加勢に行っていた護衛が王妃殿下と共に戻ってくる。王妃殿下は憔悴《しょうすい》しきっているようで、顔色が悪かった。

襲撃した者達は劣勢になると、自ら命を絶ったらしい。

「もう、大丈夫。みなさん、ケガは――」

全身が濡れ、血を吐く私を見て、王妃殿下は双眸《そうぼう》を見開いた。

「エルーシア、どうかなさったの⁉　もしや、あなたも襲撃に遭ったのですか？」

ここで第三王女を糾弾すべきか、迷っていたら、別の方向から声が聞こえた。

「エルーシア嬢は、湖を覗き込んだときに、うっかり落ちてしまったようです」

突然発言したのは、以前、私と問題を起こした鞭打ちの侍女だった。なぜか、手に箒《ほうき》を握っていた。

「先ほど、私がエルーシア嬢に謝罪したいと望み、ふたりきりで話す機会を設けたんです。でも、エルーシア嬢は私の謝罪を聞き入れず、湖を覗きにいって、陸に打ち上げられていた水草で足を滑らせて、湖に落ちてしまいました。湖が深いことは、知っていました。このまま助けたら私も沈んでしまうと思って、狩猟館の庭師に箒を借りて戻ってきたのです」

彼女の証言を聞いていたら、これまでの不審な点が繋がっていく。

まず、背後を覆うように設置されていた日避けは、犯行を見えなくするための物だった。私を突き落としたのは、第三王女である。その彼女が、なぜか侍女と似た色のドレスをまとい、暑くもないのにジャケットを脱いだ。それを、去りゆく侍女が着用していた。この不審な行動は、侍女が変装した第三王女を周囲の者達に見せるためだったのだろう。

きっと、王妃殿下を襲撃させる騒ぎも、彼女が起こさせたに違いない。私の意識が王妃殿下に向かっている隙に鉄球を付けるなんて、偶然としてはできすぎている。

王妃殿下の騒ぎに乗じて侍女と第三王女は入れかわり、何事もなかったかのように振る舞った。これが、一連の行動だろう。

今、彼女の罪を暴露したら、逆に私が危機的状況に陥るのかもしれない。余計なことは言わないでおこう。

「エルーシア様、大丈夫ですか？」

「え、ええ……」

ハンカチが血で真っ赤になってしまった。新しいものと取り替えてもらう。

大量の血を失ったからか、なんだかくらくらしてきた。

その場に倒れそうになった私を、侍女が支えてくれる。その様子を見ていた王妃殿下が、すぐさま叫んだ。

「誰か、医者を呼んで！　婚約者であるクラウスも！」

王妃殿下の命令で侍女が次々と動く。

意識を手放そうとした瞬間、侍女のひとりが声をあげる。

「あ、あの、シュヴェールト大公が、お戻りになりました！」

ぼんやりと霞《かす》んでいく視界の先に、ずんずんと接近する男性の姿を捉えた。

あれが、クラウスなのか。

「両手に、獲物か何かを握って、引きずっているようです」

いったい何を獲ってきたというのか。頑張らなくていいと言っていたのに。

「かなり、大型の獲物を二体、引きずっているようで――ヒッ!!」

熊でも仕留めてきたのか。熊であったら、片手で引きずってこられるわけがないのだが。

侍女が続けて報告してくれた。

「え、獲物ではありません！ ひ、人です！ 成人男性と思われる者を二名、左右の手に握って引きずってきているようです！」

人をふたりも引きずってやってきているとは、何事なのか。

クラウスはずんずんと接近し、引きずっていた男性二名を放り出した。

「うっ!!」

「ぎゃあ!!」

両手足、しっかり縛られている男性は、第三王女の婚約者候補のひとりだった者だ。

もうひとりは――ウベル・フォン・ヒンターマイヤーであるイヤコーベやジルケと共に拘束されていたはずだが、いつのまにか出所していたようだ。そんな彼は額から血を流し、涙で顔を濡らしていた。

クラウスの頬には血が付着していた。おそらく、返り血だろう。

彼は淡々とした様子で報告する。

「王妃殿下、私はこの者達の襲撃を受けました」

「まあ！」

第三王女の婚約者候補は、遠方よりロングボウの矢でクラウスを狙っていたという。それを指示していたのが、ウベルだったらしい。

「胸を狙われていましたが、胸ポケットに入れていた懐中時計のおかげで、命拾いしました」

「そうだったのですね」

ここで、大量出血した理由が腑《ふ》に落ちた。私が湖に落とされたのと同時に、クラウスも狙われていたのだ。同時に未来を変えたので、その代償が酷いものだったのだろう。

第三王女の婚約者候補とウベルは、駆けつけた騎士に拘束され、そのまま連行されていった。

「クラウス、その、エルーシアのことなのですが――」

私の周囲を囲んでいた侍女が、離れていく。私の様子に気付いたクラウスが、慌てた様子で駆けてきた。

「エルーシア!!」

全身びしょ濡れで、ドレスを血に染めた私は異様に見えたのだろう。すぐに私の肩を抱き、どうしたのかと聞いてくる。

「クラウス様、申し訳ありません。少し、横になりたくて……」

どこか楽になれる場所へ連れていってくれないか、と言うまでに、私の意識は限界を迎えプツンと途切れてしまった。

◇◇◇

誰かの高笑いが聞こえた。

倒れたクラウスを前に、ひとり歓喜に震える者がいたのだ。

その声は、誰のものだったか。思い出せそうで、思い出せない。

許せない……絶対に、許せない。

クラウスのレーヴァテインを手に取り、持ち主以外の者が握った代償で全身を斬り刻まれながら、私は剣を振り上げる。

だが――刃が届く前に、息絶えてしまった。

「はっ!!」

額に汗をびっしょり掻いた状態で目覚める。

酷い夢をみた。あれは、クラウスを殺した犯人と対峙する夢だったのか。

それにしても、私がレーヴァテインを握って戦おうとしていたなんて……。全身を斬り刻まれるときの肉の裂け方や、鋭く走る痛みなど、ずいぶんと現実的な夢だった。

残念なのは、犯人の顔が見えなかったことだ。

「……ふう」

誰かが運んでくれたのだろう。寝台の上で目覚める。どうやら、ずいぶんと長い時間、気を失っていたらしい。すでに周囲は真っ暗だった。

すぐ近くに人の気配があるのに気付く。マッチで角灯の灯《あか》りを付け、顔を照らした。

「クラウス様……」

私の声に反応し、目覚めたようだ。

「エルーシア！」

クラウスは私の手を握り、苦しいところはないか確認してくる。

「わたくしは平気です」

「平気なものか！　ハンカチ二枚を血で染めるほど、吐血したというのに」

医者に診させたところ、今回も異常なしという診断だったという。

「これだけ血を吐いているのに、病気でないというのはおかしい気がするのだが」

「そういう体質なのでしょう」

手を握り返しながら、どうか心配しないでほしいと伝えておいた。

「わたくしよりも、クラウス様は平気だったのですか？」

ロングボウの矢で胸を狙われたのだ。なんでも六十ヤードほど離れた位置から射ってきたという。

「一射目は完全に不意打ちだった」

クラウスが鹿を追いかけ、並走状態となって剣を振り上げた瞬間、矢が迫ったという。

「エルーシアから貰った懐中時計が、矢を弾《はじ》いてくれたから、無傷だった」

さっそく、懐中時計が役に立ったというわけだ。ケガもないというので、ホッと胸をなで下ろす。

クラウスはすぐに矢が飛んできたほうに馬を走らせ、逃走していた第三王女の婚約者候補を捕縛したという。

「そいつはすぐに、ウベルに唆されてやったと吐いた」

近くの狩猟小屋にいると聞きつけたクラウスは、ウベルを捕縛。激しく抵抗したので、殴って大人しくさせたらしい。

そして、犯人達の髪の毛を摑み、引きずりながら戻ってきたというわけだ。

「まさか、王妃殿下だけでなく、エルーシアまで襲撃を受けていたとは……。いったい、何があったのだ？」

「わたくしは」

思い出すだけで、胸がバクバクと嫌な感じに脈打つ。思い出したくもないのだが、ここできちんと打ち明けておいたほうがいいだろう。

「実は……フラヴィ王女殿下に湖へ落とされたのです」

「なっ――――！」

王妃殿下への襲撃で気が逸《そ》れているうちに鉄球を付けられ、そのまま湖へ沈んでしまったこと。なんとか浮かび上がったが、第三王女は素知らぬふりをしていたことなど、悪行の数々を打ち明ける。

「王妃殿下を襲撃するように仕向けたのも、フラヴィ王女殿下だと思います」

「それは間違いない」

クラウスの襲撃事件とも、おそらく繋がっているのだろう。

「以前、フラヴィ王女殿下と起こした騒動の一件があったので、その場で糾弾しませんでした」

現場に証拠なんてないだろうから、下手《へた》に刺激しないほうがいいと思ったのだ。

「ひとまず、国王陛下と王妃殿下に報告しておく。王女のやった凶行についても」

「ええ」

第三王女はすでに、王城へ戻ったという。私達は夜が明けたら、ここを発つ予定らしい。

「そんなわけで、もうひと眠りするように」

「クラウス様もゆっくりお休みになって」

「私はここにいるが？」

それが何か、という目で見下ろす。

「あの、そこではお休みになれないでしょう」

「任務中はいつも、座ったままで眠っている」

殺意を抱く者が接近したら、すぐに目覚めるようにそうしているらしい。

「でしたら、せめてわたくしの隣で眠っていてくださいませ！」

「結婚前に一緒に眠るなんて、できるわけないだろうが」

「前にも任務で一緒に眠ったでしょうが」

「それもそうだが、あれは夫婦役だったから……」

ブランケットを捲《まく》り、私の隣をぽんぽん叩く。

「ジャケットを脱いで、楽な恰好で眠ってください」

「本気か？」

「本気ですわ！」

クラウスは深く長いため息をつき、私が言ったとおりジャケットを脱ぐ。そして、しぶしぶと布団の中に入ってきた。

こうして顔を向かい合わせて眠るというのは、なんだか照れる。

思っていた以上に、大胆な提案をしたものだと、内心反省してしまった。

「エルーシア、もう苦しいところはないのか？」

「ええ、元気です」

クラウスは私の頰に触れ、目を細める。思いがけず優しげな表情を見てしまい、余計にドキドキしてしまった。

「明日は、王城に戻らず、コルヴィッツ侯爵邸に帰ろう」

すでに王妃殿下に許可は得ているらしい。しばらくコルヴィッツ侯爵夫人のもとで療養するように、と言っていたという。

「わたくし、コンパニオンのお役目から放免されてしまった、というわけですのね」

「元気になったら、王妃殿下から呼び出しを受けるだろう。エルーシアのことを、お気に召しているみたいだからな」

ひとまずゆっくり休むといい、というクラウスの話を聞きつつ、私はまどろんでいったのだった。

翌日――私はコルヴィッツ侯爵邸に帰った。アルウィンとネーネは先に戻っていたようで、玄関で出迎えてくれた。

コルヴィッツ侯爵夫人も、私を見るなりぎゅっと抱きしめ、よく頑張ったと褒めてくれた。

それからというもの、大量の出血が体に大きな負荷を与えていたようで、しばし寝込んでしまった。

何日も熱に浮かされ、意識も曖昧だった。

イェンシュ先生が往診にやってきたようだが、その記憶すら残っていなかった。

自分の体のことなので、なんとなくわかる。私の寿命はそこまで長くない。

おそらく、クラウスが死ぬ未来を変えたあと、とてつもない量の血を吐くだろう。その瞬間に、命が尽きるに違いない。

そんな将来を考えると、このままクラウスと結婚していいのだろうか、と考えてしまう。私と結婚することにより、彼の人生を台無しにしてしまうのではないのか。

以前と違い、今はクラウスのよさに気付いている人々はたくさんいる。

もう、彼を悪魔大公だと陰で囁く者なんていない。

私以外の、可愛らしい女性が彼の隣に立つことを考えると、胸が苦しくなる。

けれども、ずっと一緒にいたいと望んでしまうのは、クラウスにとって呪いとなってしまうだろう。

これまではずっと、自分の幸せだけを考えていた。

命の灯火が消えそうになっているからか、考えが変わってしまう。

今は、クラウスの幸せだけを願いたい。それが、私にできる唯一のことだろう。

◇◇◇

第三王女が画策した事件について、証拠品として、湖に沈んでいた鉄球を回収した。

それが、隣国でのみ製造される物だとわかったらしい。

なんて品を持ち込んでいたのか。謎でしかなかったが、調べたところ侍女の折檻《せっかん》用だったという。

鉄騎隊の調査で同じ品が第三王女の部屋から発見されたということで、確かな証拠となったようだ。

事件に関わっていたウベルは、私と結婚するためにクラウスの命を狙っていたらしい。シルト大公家の財産が目的だったようだ。イヤコーベやジルケが使い尽くしたという話を、信じていなかったという。なんとも呆れた話であった。

ウベルの身柄は拘束され、禁固刑を命じられたという。

少なくとも、三十年は外に出られないようだ。

私有地での事件の真相を聞いた国王陛下は、珍しく怒りを露《あら》わにしたらしい。

隣国の王女だと思って事を荒げず、丁重に扱っていたようだが、堪忍袋の緒が切れたようだ。

国王陛下は王妃殿下との連名で、第三王女に国外退去を命じる。

身柄は隣国へ引き渡され、処分を託すという。

すぐに第三王女は拘束され、騎士達の手によって国境へ移送された。その間、第三王女は私や王妃殿下の名を口にし、陰謀だと叫んでいたようだ。

無事、身柄は隣国に引き渡された。彼女に下された処分は、生涯にわたる塔での軟禁生活だという。

二度と、彼女が表舞台に上がることはなさそうだ。

嵐に襲われるような日々は、無事、終わりを告げたのだった。

第四章　シルト大公家の娘、エルーシア

ピクニックでの大量の出血が原因で臥《ふ》せっていたため、気がつけば季節は冬を迎えていた。

窓の外で雪がしんしんと降る様子は、どことなく寂しさを覚える。

コルヴィッツ侯爵夫人邸には毎日のようにお見舞いの品が運ばれていたのだが、毎日贈ってきていたのはクラウスであった。

ドレスに帽子、靴、宝飾品に鞄、お菓子にぬいぐるみなどなど、寝台の周囲は大変華やかになっていた。

仕事が忙しく、会えない日も多かったので、何かしたいという思いが贈り物攻撃になってしまったのだろう。

それ以外にも、マグリットからは大きな薔薇《ばら》の花束が届き、親交があるご令嬢からはお見舞いのカードが届いた。王妃殿下は化粧品のセットを贈ってくださり、侍女仲間からは紅茶とティーセットが贈られた。

第三王女の事件が大々的に報じられていたため、被害者である私を気の毒に思っているのだろう。

それにしても、次から次へと騒動に巻き込まれたものだ。

今後は、平和な領地にでも引っ越して静かに暮らしたい。都会の喧噪《けんそう》はもうお腹いっぱいだった。

療養すること約二ヶ月――すっかり元気を取り戻した私がまずしたのは、コルヴィッツ侯爵夫人へ

のとある相談だった。

「それで、相談って何かしら？」

コルヴィッツ侯爵夫人に相談があると言うと、快く応じてくれた。

非常に聞きにくいことなのだが、勇気を振り絞って聞いてみる。

「あ、あの、お答えいただきにくいことかと思うのですが」

「いいわ。なんでも聞いてちょうだい」

「夫の愛人というのはどこで探してくるものなのでしょうか？」

ひと息で言い切った。これが、私が聞きたかったことなのである。

以前、コルヴィッツ侯爵夫人が夫の愛人を探し、あてがっていた時期があったと話していたのだ。

「夫の愛人ですって？　どうしてそれが気になるのかしら」

「そ、それは――」

この先、私はクラウスの傍にいられないかもしれない。もしも命が尽きてしまったとき、愛人が傍にいたら、彼を支えてくれるだろう。

なんて話をしたら、コルヴィッツ侯爵夫人に心配をかけてしまう。そのため、事前に考えておいた理由を打ち明ける。

「たまに、クラウス様の愛が重たいな、って思うときがありまして。そういうとき、愛を分かち合う女性がいたら、その、わたくしの気も休まるのではないか、と考えておりましたの」

心の中で、ごめんなさい、と謝罪する。

一度だって、クラウスの愛が重たいなんて感じたことはない——と考えていたものの、大量に贈られた見舞いの品を振り返ると、私には大きすぎる愛だな、と思ってしまう。

コルヴィッツ侯爵夫人にこの言い訳が通じるのか、と思っていたが、「わかるわ！」と言って同意してくれた。

「私も若いときは、夫の意識を他に向けようと思って、何人か愛人を見繕ったの。でもそれが原因で夫は女性にはまってしまって、それから愛人が尽きたことがなかったわ」

コルヴィッツ侯爵夫人は頬に手を当てて、遠い目をしていた。

「夫の女性好きは、私のせいでもあったのよ。だから今でも容認しているし、彼女達を丁重に扱っているわ」

コルヴィッツ侯爵夫人が言っていた「容認」という言葉が、私の中でずっしり重くのしかかる。

クラウスが私以外の女性に心を許し、愛を囁いているのを、見て見ぬふりなんてできるのだろうか。

私の中にあるクラウスへの愛が、悲鳴をあげているように思えてならなかった。

いいや、これは愛ではないのかもしれない。きっと執着だ。

この感情が支配するままに、行動を起こすというのは危険である。蓋をぎゅっと閉じて、心の奥底に追いやっていなければならない。

今、先が長くない私にできることは、将来クラウスが幸せになるために、何か遺すこと。

前を向き、背筋をピンと伸ばして、コルヴィッツ侯爵夫人の話に耳を傾ける。

「愛人を探しにいっていたのは、主に劇場ね。そこには美しい女優がたくさんいるんだけれど、彼女達に交渉を持ちかけるの」

女優は日々、美しくなるために己を磨いている。化粧品にドレス、宝飾品など、舞台上以外で必要な品は尽きない。

「女優の多くは、貴族から援助してもらう代わりに、愛人業を務めるのよ」

夜会に連れていくならば、地味な本妻よりも、美しい愛人が見栄えする。なんて考えている貴族は少なくないらしい。これは男性だけでなく、女性も同じように考えて美しい俳優を愛人として連れ歩いているのだという。

「最初に取り引きにいったとき、俳優を何人も紹介されて困ったわ。私自身の愛人を探していると、勘違いされてしまったのよ」

「貴族女性も、愛人を迎えている方がいらっしゃるのですね」

「ええそうなの。私が若い時代はそんなに流行《はや》っていなかったんだけれど、今は珍しくないらしいわ」

クラウス以外の男性と関係を持つなど、ゾッとしてしまう。

貴族の結婚は政略的な意味合いが強いので、今の時代は男女関係なく、外に愛を探しにいってしまうのだろう。

「エルーシアさん、一度、劇場で女優とお話ししてみる？」

愛人の選定は早いほうがいいだろうが、クラウスが上手い具合に気に入るかが問題だ。

実を言えば彼の好みについて、まったく把握していないのだ。

「クラウス様はこれまで、どのような女性とお付き合いされていたのでしょうか？」

「あの子の女性関係？　なかったはずよ。これまでどんな美女が言い寄っても、靡《なび》かなかったらしいの。そういうのに興味がないと思っていたから、エルーシアさんを連れてきたときは、本当に驚いたわ」

「そ、そうだったのですね」

コルヴィッツ侯爵夫人にバレないところで、交際していたのだろうか。

その辺の情報から探ったほうがいいのかもしれない。

「正直、あの子はあなた以外、興味を持たないと思うのよ」

「それはどうしてでしょうか？」

「一途《いちず》な子なの。信じられないくらいに。だから、エルーシアさんが一生懸命愛人を探してきても、受け入れないと思うわ」

大きな衝撃を受ける。愛人を迎えてもらわないと、私が死んだとき、クラウスはどうやって立ち直るというのか。

「あ、あの、わたくしは、クラウス様の心の支えが必要だと思って、愛人を迎えようと考えていたのですが」

「クラウスは、あなたが隣で微笑んでいるだけで、幸せだと思うの。だから、愛が重たくて大変でしょうけれど、傍にいてくれると嬉しいわ」

コルヴィッツ侯爵夫人の話を聞いているうちに、涙が零れてしまう。

この先ずっとクラウスの傍にいられたら、どれだけよかったか。

予知夢の力を使い過ぎたせいで、私はもう長くないというのに。

「エルーシアさん、私、変なことを言ったかしら？」

「いいえ、いいえ。クラウス様に愛されて、幸せだと思って、涙が溢れてしまいました」

「そうだったの。よかったわ」

コルヴィッツ侯爵夫人は私を抱きしめ、優しく背中を撫でてくれた。


あれから私は大いに反省した。

勝手に愛人を見繕うというのは、逆の立場で考えてみたら、余計なお世話としか言いようがない行為だった。

まずは自分の立場で考え、何をされたら嬉しいか考えてみる。

この先お別れがくるのであれば、思い出がほしい。

そんなわけで、クラウスが戻ってきたタイミングである提案をしてみた。

「わたくし、クラウス様と一緒に、お庭いじりがしてみたいのですが」

「別に構わないが」

「だったら、行きましょう！」

きっと了承するだろうと思って、動きやすいエプロンドレスを着ていたのだ。

ネーネも手伝ってくれるので、似たような恰好をしている。

アルウィンは外が寒いので出たくないのか、尻尾を左右に振って私たちを見送った。

クラウスと腕を組み、わくわくしながら庭を目指す。

「突然庭いじりをしたいだなんて、どうしたんだ？」

「療養している間に、コルヴィッツ侯爵夫人のお庭がこれまで以上に美しくなればいいな、と思っていたのです」

クラウスと一緒なら絶対楽しいので誘った、と打ち明けると、嬉しそうにはにかんでいた。その表情を見ていたら、愛人を探さなくてよかった、と思ってしまう。今後も生きている限り、クラウスとさまざまな思い出を作ってみたい。

ただ、必要以上にベタベタしないほうがいいだろう。きっと、お互いに寂しくなってしまうから。

彼の腕から離れ、少し距離を取る。

「エルーシア、どうかしたのか？」

「庭師のおじさまに、くっついているところを見られるのは、恥ずかしいと思いまして」

「今さら何を言っているんだか」

そう言って、クラウスは私の手を握る。

「仲がいいところを、見せびらかしておけ」

「そう、ですわね」

今だけは、彼の手を離したくないと思ってしまった。

「あ、クラウス様、あちらです！」

クラウスの手を引っ張り、駆けていく。庭の一角にある花壇を、空けておいてもらっていたのだ。

ここはクラウスの部屋の窓から見える場所で、花を植えるならばここだと決めていたのだ。突然のお願いだったが、庭師は快く応じてくれた。

すでにスコップや水やりなど、園芸用品が用意されていた。土もふかふかで、きれいに整えられている。

クラウスと共に花壇の前にしゃがみ込み、しばし土と戯れる。

「エルーシア、何を植えるんだ？」

「〝ダスティーミラー〟ですわ」

それは母が好んでいた花で、実家の庭にもたくさん咲いていたのだ。

「〝埃まみれの粉屋《ダスティーミラー》〟？　おかしな名前の花だな」

「ええ。葉っぱに粉がまぶされたように、白みがかっているのです」

珍しい葉の様子はシルバーリーフとも呼ばれ、貴族の観賞用の草花としても人気なのだ。

「ダスティーミラーは春になると、黄色い花を咲かせるのです。小さな花で、華やかさには欠けますが、可愛らしくてとても癒やされます」

「そうか」

種を蒔《ま》くのは秋がいいようだが、今からでも間に合うと庭師は話していた。

「春になったら、庭を気にしてくださいね」

「わかった」

ダスティーミラーの花言葉は、〝あなたを支えます〟。

この花の存在が、クラウスの心の支えになるように願っている。

ネーネの手を借りつつ、ダスティーミラーの種を蒔いていった。

ふっくらやわらかな土を被せ、大きくなあれ、大きくなあれと声をかける。

「次の春が楽しみだな」

「ええ」

クラウスと一緒に、春を迎えられるだろうか。

正直、別れのときは近いように思えてならなかった。

「クラウス様、お願いがあるのですが」

「なんだ？」

「わたくし、元気になったので、クラウス様と一緒に過ごす時間がほしいです」

暗に、しばらく仕事を制限してくれと頼みこむ。すぐに彼は察してくれたようだ。

「難しいお願いでしょうか？」

「いや、そろそろ私以外の者達に重要な仕事を任せてもいいと考えているところだった。陛下に一度相談してみよう」

「ありがとうございます！」

ホッと胸をなで下ろす。

ダスティーミラーだけではいささか頼りないと思っていたところだ。

「具体的には、何をしたい？」

「そ、そうですわね。旅行、とか？」

「婚前旅行をするつもりか？」

「コルヴィッツ侯爵夫人も一緒に行くので、婚前旅行ではなく、ただの家族旅行です」

「家族旅行か。いい響きだな」

「でしょう？」

他にも、博物館に行ったり、国立図書館で本を読みふけったり、街のアンティーク店を制覇したり
――クラウスとやりたいことなんて山のようにあるのだ。

「クラウス様、楽しみにしていますね」

「わかった」

約束を取り付け、内心ホッと胸をなで下ろす。

クラウスのために、できることはいろいろありそうだ。

母が亡くなったあとの私は、悲しみに暮れていた。

心がヒリヒリと痛んで、涙が止まらなくて、体の一部がぽっかりと空いてしまったような不可解な感覚に陥った。

父は私に時間が経てば辛くなくなるよ、なんて励ましてくれたが、誰かを喪《うしな》った悲しみは永遠に消えないのだろう。

今でも、母の死について思い出すとじんわり涙ぐんでしまうくらいだ。

大切な誰かを喪った悲しみとは、永遠に付き合っていくのだろう。

ただ、ずっと悲しむばかりではない。

この世界には、母が大好きだった花や木々、生き物、本などが残っている。

ひとつひとつ思い出が残っていて、それは記憶の中でいつまでも輝いている。

それらが、悲しみを温かなもので包み込んでくれるのだ。

だから、私もクラウスに大好きなものをひとつでも多く遺しておきたい。

私がいなくなっても、彼の心が癒やされるように——。

◇◇◇

今日はクラウスと共に、シルト大公邸を改装して作った養育院を訪問することにした。

ここ最近、バタバタしていて行けていなかったので、久しぶりであった。

クラウスは初めてである。

「子ども受けはあまりよくないのだがな」

「大丈夫ですわ」

子ども達はきっとクラウスのことも歓迎してくれるだろう。

養育院には現在、百名ほどの子ども達が暮らしている。彼らの生活を支えるのは修道院のシスターではなく、雇い入れた人達だ。

シスターカミラの寄付金の横領が問題となっていたのだが、それは王都にある養育院だけではなかった。他の養育院でも同様の事件が起きていたようで、教会関係者が次々と検挙されたらしい。

事件を受け、国王陛下は養育院の運営を民間へ託すことに決めたようだ。

そんなわけで、シルト大公邸の養育院にはシスターが不在というわけなのだ。

出入り口の門には、騎士が配備されている。日々、子ども達を守っていた。

「ごくろうさま」

声をかけると、騎士は敬礼を返してくれた。

今は勉強の時間のようで、広場は静まり返っている。教師を招き、学校のように授業をしているのだ。

これまで養育院では、特に学習指導などしていなかった。それが原因で、文字すら書けない子ばかりだったのだ。

里親が見つからない子も、十八歳になったら養育院を出ていかないといけない。

けれども、文字すら書けない子ができる仕事は多くなく、限られていたのだという。

彼らの将来について考えた結果、読み書きと計算、それから生きていくための知識を十八歳になるまで叩き込むことに決めたのだ。

座学の時間が終わるまで、庭を散歩する。

クラウスはすっかり様変わりしたシルト大公邸を見て、驚いていた。

「今はこのようになっているのだな」

「ええ」

枯れていた草木は刈り取り、新しい木々を植えた。花壇に咲いている水仙は、子ども達と一緒に球根を植えたものだ。

「クラウス様、ツグミが戻ってきています」

新しく植えた木に、ツグミがちょこんと止まっていた。

チチチチ、という鳴き声と、まるっとしたシルエット、目の上にある眉のような白いラインが愛らしい鳥だ。

「お父様が再婚してから、寄りつかなくなっていたんです」

鳴き声がうるさいからと、イヤコーベとジルケがツグミに石を投げていたのだ。

本当に罰当たりな母娘である。

「母が鳥のために、木の実がなる木をたくさん植えていて――」

ただそれも、イヤコーベが「鳥が集まってうるさいから、伐《き》ってくれ」と庭師に命じ、ほとんどが伐採されてしまったのだ。

思い出しただけでも、腹立たしい。

「鳥が戻ってきて、本当によかった」

庭を巡っていると、さまざまな鳥と出会った。彼らを驚かせないよう小さな声で喋り、足音にも気を付ける。

「鳥だけでなく、生き物というのは癒やされます」

コルヴィッツ侯爵夫人の庭にはリスが住み着いているようだが、残念ながら一度も会っていない。

「この庭にはかつて、ハリネズミがおりました。とってもかわいかったんですよ」

ハリネズミは植物の天敵であるナメクジを食べてくれるので、庭師の間では英雄のような存在だと聞いていた。

ただ、夜行性なので、しょっちゅう出会えるわけではなかったのだ。

と、ここでハッとなる。自分のことばかりペラペラと喋っていた。

反省しつつ、クラウスを振り返る。

「クラウス様は、何がお好きなのですか？」

「エルーシア」

真顔で言うので、冗談ではないのだろう。なんと反応していいのかわからなかったが、とりあえずお礼を言っておく。

「あ、ありがとうございます」

そういうことを聞きたかったわけではなかったのだが。顔が火照っているように感じて、指先で冷やした。

「わたくし以外で、何がお好きですの？」

「さあ、わからない。これまで、何かに執着することなく生きてきたから」

なんということなのか。好きなものがない、と。

「ただ、この前エルーシアと種を蒔いたダスティーミラーについては、とても気になっている。咲いた花を見るのが楽しみだ」

私の作戦が、功を奏しているようだ。

ならば、この調子で私が好きなものを次々と布教するしかない。

その後、座学を終えた子ども達が広場へやってくる。

お菓子を差し入れたと聞くと、大喜びしていた。

クラウスにもすぐに心を開き、今は剣の使い方を習っている。

私は女の子達に囲まれ、髪の結び方を教えていた。今日は三つ編みの編み方について伝授する。

時間はあっという間に過ぎていった。子ども達と別れ、馬車に乗りこむ。

馬車が走り出すと、私はクラウスの髪を手櫛《てぐし》で整える。

「髪が乱れておりました」

「ああ、肩車をしていたとき、髪を摑まれていたからな」

「髪の毛が角のようになっておりましたね」

「まさしく悪魔のようだっただろう？」

クラウスの自称悪魔発言を聞き、笑ってしまう。

「エルーシアは、私が悪魔のようだと、恐ろしくなかったのか？」

「悪魔どうこうよりも、圧力のある態度のほうが怖かったです」

そう答えると、クラウスはポカンとした表情を見せていたが、次の瞬間には笑い出す。

「そうか、そうだったのだな！」

何か腑に落ちたような物言いに、首を傾げる。

「いったい何を納得されていたのですか？」

「いや、幼少期から悪魔のようだと言われ続けていて、黒髪や瞳の色のせいにしていたのだが、そう言われてしまった最大の原因は、私の態度にもあったのだな、と思って」

クラウス曰く、周囲になんと思われていようがどうでもいい、と考えていたらしい。

「けれどもエルーシアに出会ってからというもの、他人から悪魔のようだと囁かれていた件について、実は気にしていたのだ、と自らの本心を知ってしまった」

クラウスの中にはこれまで気付いていなかった自尊心というものが存在し、人々の心ない言葉に長きにわたって傷ついていたのだろう。

「同時に、エルーシアに出会ってから、周囲の声が心底どうでもよくなった」

「悪いことはどうでもいいのですが、いいことは聞き入れてくださいね」

でないと、私が死んだあと、再度クラウスが孤立してしまうだろうから。

見聞を広めて、好きなものをどんどん増やして、人生にもっともっと彩りを添えてほしい。世界には輝いているものが、たくさんあるのだから。

「あの、クラウス様、養育院はいかがでしたか？」

クラウスは腕組みしつつ、本日の感想を口にした。

「今日、初めて任務以外で養育院にやってきたのだが、思いのほか楽しめた」

思いがけず、子ども達から元気をもらったという。

「今後は、エルーシアがいなくとも、ひとりで訪問できると思う」

「それはよかったです」

子ども達との交流も、心の支えのひとつにしてほしい。そう思ったのだった。

クラウスは一ヶ月の長期休暇を取ったということで、しばし仕事を休むらしい。

これ幸いと、私は彼を連れ回す。

植物園に行って温室カフェでお茶したり、手作りのお弁当を持参してピクニックに出かけたり、蚤《のみ》の市でアンティークの掘り出し物を探したり。

この世の楽しみという楽しみを、クラウスに教えてあげた。

その中でも最初に行った植物園がお気に召したようで、散歩をするのにちょうどいいと話していた。

鳥を始めとした小動物の姿を探すのも楽しいという。

少しずつ、クラウスが気に入るものの種類がわかってきたような気がする。

彼はきっと、自然や小さな生き物との相性がいいのだ。

そんなわけで、旅行先は牧場に決めた。すぐに馬車と宿を手配し、牧場側にも話を通しておく。

一週間後、私達は王都を発ったのだった。

目的地までは馬車で四時間ほど。雪は積もっていないようで、ホッと胸をなで下ろす。本来ならば春か秋がいいのだろうが、それまで生きているかわからないので、今回は冬の訪問となる。

馬車は三台用意され、一台目が私とクラウス、二台目がコルヴィッツ侯爵夫人と侍女達、三台目がアルウィンとネーネ、それから旅行鞄などの荷物が収められている。

馬車の中でしたいことは決まっていた。それは、絵本の読み聞かせである。

クラウスは幼少期、絵本に触れたことがなかったらしい。私が選んだ珠玉の絵本を紹介しようと思ったわけだ。

「それではクラウス様、何がよろしいですか？」

「エルーシアが一番好きなやつ」

「でしたら、『クッキー屋さんと三匹の猫』、をお読みしますね」

クラウスは私の隣へやってきて、腰を下ろす。すぐ近くに座ったので、胸が早鐘を打っていた。

彼と出会ってから二年ほど経っているものの、いつまで経ってもドキドキしているような気がする。

きっと私は死ぬまで、彼にときめいているのだろう。

絵本を開き、読み始める。声に出してわかったのだが、思っていた以上に恥ずかしい。その原因は、私でなくクラウスにあった。

何か強い視線を感じると思っていたら、クラウスは絵本ではなく、私を見つめていたのだ。

「あの、クラウス様。なぜ、わたくしを見ているのですか？」

「絵本を読んでくれるエルーシアを見たいから」

「こ、困ります」

絵本に集中してほしいと訴えたものの、聞く耳を持たないようだ。

結局、一冊で断念してしまった。予定では、四時間みっちり三十冊ほどの絵本を読んであげようと思っていたのだが。

「猫の絵本ばかりだな」

「大好きですもの」

猫以外に鳥やハリネズミも好きだが、なぜかそれらの動物が主人公の絵本はないのだ。

「鳥やハリネズミが主役でも、いいと思いません？」

「だったら、エルーシアが書いたらいいではないか」

「わたくしが、絵本を？」

「この前、養育院で子ども達に空想話を聞かせていただろう？　なかなか面白かった」

「き、聞いていらしたのですか？」

「ああ」

絵本にはない物語を聞きたい、という子ども達の要望に応え、自分で考えたものを語って聞かせていたのだ。まさか、クラウスの耳にまで届いていたなんて……。

「養育院に寄贈するために、小部数で発行してもいい。印刷所なら知っている」

「しかし、わたくし、絵心がまったくありませんの」

猫を描いたら狐《きつね》かと聞かれ、狐を描いたら猫かと聞かれる。そんな残念な腕前の持ち主であった。

クラウスくらい上手かったら、絵本を作ってみようと思うのだが――。

「そうですわ！　わたくしが物語を書いて、クラウス様が絵を描けばいいのではありませんか!?」

「私が、絵を？」

「そうです。いつもお手紙の裏に描かれている絵が、可愛いと思っていたんです」

クラウスはしばし考える素振りを見せる。自分の絵が上手いと意識していなかったようだ。

「クラウス様、お願いします！」

「そこまで言うのであれば、まあ、叶えてやらなくもない」

「本当ですか⁉　嬉しいです！」

さっそく、執筆に取りかかろうと、持ってきていた便箋や万年筆などを取り出す。

クラウスも絵を描いてくれるようだ。

「登場する動物は？」

「鳥とハリネズミと、大きな黒猫です」

「アルウィンか」

「はい！」

それぞれ種属が異なる生き物が仲良く暮らす――そんな物語を考える。

思いのほか集中し、移動中はすべて執筆に充てた。

クラウスも絵を描いてくれて、すばらしい腕前を披露してくれた。

「どの動物もかわいいです！　けれども、アルウィンだけはもっとかわいくしてください」

なぜかアルウィンだけ、牙を剝き出しにしていて、目はつり上がっている、写実的なタッチで描いていたのだ。

「アルウィンはこうだろうが」

「もっともっと可愛いです」

自費出版の絵本計画は、思いのほか進んだ。

休憩を挟みつつ、牧場へ到着する。見渡す限りの草原に、馬や羊などが放牧されていた。

「ああ、なんて美しい光景なのでしょう」

私の言葉に、クラウスも深々と頷く。

牧場主の一家が私達を優しく出迎え、宿まで案内してくれた。

宿では、搾りたての牛乳を使ったアイスクリームが振る舞われる。

冬のシーズンに暖炉の前で食べるアイスクリームは、極上の味わいであった。

一日目は宿でゆっくり休み、二日目から牧場でさまざまな体験をさせてもらう。

私はアルウィン、ネーネと同室である。

大きな寝台を発見したアルウィンは、さっそく真ん中を陣取っていた。

「アルウィンったら、本当に寝台が大好きなのね」

「にゃあ！」

初めての長時間移動だったので、心配していたのだけれど、移動中、アルウィンはいい子にしていたらしい。

「ネーネも疲れたでしょう？」

「いいえ！　初めての旅行でしたので、景色を眺めるだけでも楽しかったです」

「そう、よかった」

今回の旅行は侍女達にも楽しんでもらえるように計画している。しっかり堪能《たんのう》してくれたら何よりであった。

夕食を食べたあと、クラウスの部屋にアルウィンと遊びにいった。

アルウィンはクラウスの部屋では寝台の上に跳び乗って、ごろごろ転がっている。

「おい、止めろ。シーツに毛が付くだろうが」

「にゃ〜〜」

アルウィンはわざとやっているのだろう。私の部屋ではこんなことをしないので、笑ってしまった。


翌日は宿が用意してくれたお弁当を持って、遠乗りに出かけた。

私はクラウスの馬に乗り、コルヴィッツ侯爵夫人は護衛と、ネーネは侍女と一緒に乗って、美しい草原を駆けていく。

一時間ほどで、エリカの花が咲き誇る丘に辿り着いた。

一面薄紅色の花で覆われていて、圧巻の一言である。

「これはすごいな」

「ええ」

「手入れにどれだけ時間がかかるのか」

「クラウス様、ここにあるエリカは、人の手は入っていないのですよ」

エリカは貴族の家で栽培されるような植物ではなく、野草に近いイメージだ。そのすべてが自生しているものだと説明したら、クラウスは驚いていた。

「エリカの花は寒さにめっぽう強く、荒廃した土地でも育つと言われております。異国では、荒地《ヒース》の花と呼ばれているそうですよ」

困難や孤独にもくじけず、まっすぐ上を向いて咲くけなげな花――こういう生き方ができたら、と思ったことは一度や二度ではない。

「美しい花だな」

「ええ」

エリカの花をかきわけ、開けた場所へ移動する。

ここからが、私がしたかったことだ。

クラウスと協力して火を熾し、湯を沸かす。王都から持参してきた茶葉で、紅茶を淹れた。それを、コルヴィッツ侯爵夫人や侍女、護衛に振る舞う。

いつも私達を見守り、優しく支えてくれる人達に、お礼がしたかったのだ。

終始、ハラハラとした表情で見守られていたが、皆、紅茶をおいしいと言って飲んでくれた。

昼食は、牧場の名物であるソーセージを炙《あぶ》り、パンに挟んで食べるというシンプルなもの。ここの地方では、これが一番のごちそうらしい。

熾した火で、串に刺したソーセージを焼いていく。クラウスは私に対し、火に近付かないように言って、ひとりで黙々とソーセージを炙ってくれた。

焼きたてのソーセージを挟んだパンは、信じられないほどおいしい。

ソーセージの皮がパリッと破れ、中から肉と肉汁が溢れてくるのだ。

普段食べている料理に比べて野性味溢れる食事だが、たまにはいいだろう。

侍女達もこういう食事は久しぶりだ、と喜んでいた。

牧場に戻ると、チーズ作り体験を行う。

搾りたての牛乳を使って作るようだが、チーズを固めるために使うレンネットの正体を、今、初めて知った。

「ま、まさか、レンネットは仔牛《こうし》の胃から取れるものだったなんて……！」

クラウスや侍女達は知っていたのか、平然としていた。一方でコルヴィッツ侯爵夫人とネーネは険しい表情で話を聞いている。

なんでもある期間の仔牛には、レンネットによって胃の中でお乳の栄養分から水分を分離させる力があるらしい。それを使って、チーズを作っているようだ。

つまりチーズを作るためには、仔牛を一頭潰さないといけないわけである。

毎日食材へお祈りしていたが、これからは仔牛にも深く感謝しなければならない。

牧場主が直々にチーズ作りを教えてくれるようだ。

「チーズ作りには、こちらの低温殺菌した牛乳を使います」

通常、私達が飲んでいる牛乳は高温で殺菌されているようだが、それでは質のいいチーズが作れないらしい。

「殺菌させた牛乳にヨーグルトを加え、一時間ほど放置します」

その間に、レンネットを使わないチーズの作り方を教えてくれるという。

「こちらはとても簡単です」

鍋に牛乳、レモン汁を入れて加熱する。沸騰する前に火から下ろすと、牛乳がもったりしてくる。

ボウルにザルを載せて煮沸消毒した布を敷き、牛乳を漉《こ》す。

布を絞って残ったものが、カッテージチーズだという。

不思議なものだと眺めていたら、なぜ固まるのか教えてくれた。

「牛乳の中に含まれる成分と、柑橘《かんきつ》類の含まれる成分が混ざると反応し合い、このように凝固するのです」

「レンネットがなくても、チーズが作れるのですね！」

「ええ。こちらならば、高温殺菌させた牛乳でも構いません。ただ、このままだと少し味気ないので、塩を混ぜるといいですよ」

チーズ作りをする前に、養育院の子ども達と一緒にできたらいいな、と考えていた。

しかしながら、王都でレンネットや低温殺菌された牛乳を入手するのは難しそうなので断念していたのだ。このチーズならば、手軽に作れるだろう。

牧場主はビスケットにカッテージチーズを載せて、ふるまってくれた。

「んん！　これは立派なチーズですわ！」

牛乳とレモンを混ぜたものを加熱しただけで完成させたとは思えない、チーズであった。

牧場の牛乳がおいしいからか、普段食べているものよりも濃厚に感じてしまった。

レンネットの話を聞いて顔色を悪くさせていたコルヴィッツ侯爵夫人とネーネも、カッテージチーズはお気に召したようだ。

カッテージチーズを囲んで搾りたての牛乳を飲んでいる間に、一時間経った。

レンネットを使ったチーズ作りを再開させる。

先ほどヨーグルトを入れた牛乳に、レンネットを加えて混ぜる。

「あとは、一時間ほど放置すると、固まります。そのあとは切り目を入れて、乳清《ホエー》が出るのを待ったら、しっかり混ぜます」

再度加熱し、火から下ろして二時間ほど放置するという。

「二時間後、乳清と凝固物《カード》を布で漉し、カッテージチーズになったものをしっかり練って布で包み、重石《おもし》を載せ、さらに乳清を搾り出して固め、塩水に漬けると、普段口にしているようなチーズになります」

このあとすぐ試食できると思っていたのだが、今日のうちに口にできないようだ。

「えー、その、仕上げはこちらでしておきますので、みなさまは牧場の見学をされてください」

チーズに後ろ髪を引かれつつ、牧場の見学に出かける。

私とクラウスはウサギ小屋を見せてもらうことにした。今日は餌やり体験をやらせてくれるらしい。

ウサギ小屋には、フワフワなウサギ達がいっぱいいて、キラキラな瞳で私達を見上げていた。

スティック状にカットしたニンジンを与えると、器用にカリコリと食べてくれる。

悶えるほどの可愛さだ。

最近、貴婦人の間でウサギを飼育するのが流行っているようだが、我が家にはアルウィンがいるので飼えないだろう。

「屋外で飼育すればいいのでは？　アルウィンを」

「クラウス様ったら、酷いです！」

箱入り息子なアルウィンが、屋外で生活なんてできるわけがない。

「ウサギ用の家を建てることもできるが」

「立派なお屋敷を建てるように言いますのね」

「別邸のつもりだった」

「まあ！」

なんという財産の無駄遣いなのか。

もちろん、そんなものなど必要ない、と言っておいた。

楽しい旅行の時間は、あっという間に過ぎていく。

最後に牧場主が仕上げてくれたチーズをお土産に、私達は王都へ帰ったのだった。


それからというもの、私は身辺整理を行った。

国王陛下から賜った見舞金を中心とする財産の相続人は、ネーネにしておく。私が死んだあとも彼女が困らないように、何かあったときはヴェルトミラー伯爵家のマグリットの侍女になれるよう、紹介状を書いた。

侍女達には新しいドレスを仕立て、銀の胸飾りを贈った。彼女らの主人はコルヴィッツ侯爵夫人なのに、私によく仕えてくれたお礼である。

他にも、自分で購入した春や夏のドレスは古着屋で売り払い、受け取ったお金は養育院へ寄付した。

フィルバッハのお店は相変わらず盛況である。今はコルヴィッツ侯爵夫人の家にお世話になっていると手紙を書いてから、ドレスは送られてこなくなった。

コルヴィッツ侯爵夫人曰く、喧嘩別れをしていたので、気まずいのかもしれない、とのこと。

ふたりの仲をいつか取り持ってあげたかったが、それはできそうになかった。

コルヴィッツ侯爵夫人には、どうやって感謝の気持ちを示せばいいのかわからない。

見ず知らずの私を暖かく迎え入れてくれた優しいお方だ。いつしか、本当のお祖母様《ばあ》のように思っていたのだ。

コルヴィッツ侯爵夫人よりも先に、クラウスを置いて逝かなければならないことを、心苦しく思う。

私は自分の我儘《わがまま》で未来をねじ曲げ、コルヴィッツ侯爵夫人やクラウスと関わってしまった。

彼らの幸せを思えば、出会うべきではなかったと今では思っている。

「コルヴィッツ侯爵夫人、何か私にしてほしいことはありますか？」

「あなたが私の傍にいるだけでも嬉しいのに」

「なんでもいいんですよ」

「そうねえ。だったら、私のことを、お祖母様って呼んでくれるかしら？」

「そんなことでよろしいのですか？」

「エルーシアさんに、ずっとそう呼んでほしかったのよ」

ならば、叶えるしかない。

背筋をピンと伸ばし、微笑みかけながら口にする。

「わたくし、お祖母様のことが大好きです」

「まあ！　奇遇ね。私もよ。大好き」

そう言い合い、コルヴィッツ侯爵夫人と抱き合う。それだけなのに、泣きそうになってしまった。

アルヴィンには、クラウスに優しくするようにお願いしておく。

「いい？　これからはアルヴィンがクラウスを癒やしますのよ？　甘い声で鳴いて、可愛らしく頬をすり寄せるのです」

「にゃあ？」

よくわからない、という顔で見つめてくる。そんなアルヴィンを抱きしめ、眠ったのだった。

◇◇◇

クラウスの休みもあと少しとなったが、最後の最後にあるイベントが待ち構えていた。

「爵位継承の儀式を行うらしい」

国王陛下に指名されて以来、クラウスはシュヴェールト大公位を継承した。

その後、多忙を極めていたため、儀式をする暇がなかったようだ。

「しなくていいと言っていたのだが、親族がうるさくてな」

「きっと、形式を重んじているのでしょうね」

ヨアヒムの継承権を飛ばし、自らが爵位を継いだので、気まずい部分もあるのだろう。

親族との付き合いは、この先避けて通れない。このまま逃げ続けるわけにはいかないのだろう。

「クラウス様、わたくしも参加してもよいのですか？」

「面白いものではないのだがな」

「クラウス様の正装姿を、見てみたいのです」

シュヴェールト大公家に伝わる、〝天上の衣〟という三ヤード以上ある長いマントを着用し、儀式に臨むのだという。

とてつもなく美しいマントだと噂には聞いていた。ぜひとも見たいと思っていたのだ。

「クラウス様、どうかお願いします！」

「そこまで言うのであれば、先頭の席を用意しておこうか」

「せ、先頭!?　本家の方々を差し置いて、一番前に座るのはどうかと思うのですが」

「未来のシュヴェールト大公夫人なのだろう？　おかしな話ではないが」

クラウスがニヤリ、と笑う。私が嫌がるとわかっていて言っているのだろう。

「……わかりました。本妻気取りで、先頭に座ります」

「そうしてくれると、勇気づけられるな」

儀式の服装規定《ドレスコード》は白い正装だという。

侍女に見繕ってもらい、悪目立ちしないように努めなければならない。

◇◇◇

爵位継承の儀式を翌日に控えた晩――私は夢をみた。

それは、クラウスが何者かの襲撃を受け、倒れる瞬間であった。

目にした瞬間、ああ、明日の儀式がそうだったのか、と思う。

これまでにない、巡り合わせであった。

私の身辺整理はすべて終了し、いつ死んでも心残りはない、という状況だったのだ。

いいや。

正直に言えば、もっともっと生きたかった。

クラウスと結婚して、妻になって、楽しく暮らしたかった。

ネーネにだって、まだまだしてあげられることはあっただろうし、コルヴィッツ侯爵夫人にも恩を返し切れていない。侍女や護衛にだって、休みを与えたり、特別給金を与えたりと、できることがあったはずだ。

アルウィンとだって、たくさん遊んであげたらよかった。私がいなくなったら、きっと寂しがるに違いない。

ただ、予知夢でみた死んでしまった未来より、今の私はずっと幸せだっただろう。

今日までもったいないくらい、皆から優しくしてもらった。

それを、十分だと言われるくらい恩返ししたかったのに……。

ついに明日、私の命が尽きる日を迎える。

遺書は遺していない。この一ヶ月もの間、クラウスに遺したい言葉は庭に植えた花に託している。

おそらく気付かないだろうが、美しい花を咲かせ、クラウスの心を癒やしてくれるに違いない。

朝――目覚めると、頬が濡れていた。

何か悲しい夢でもみてしまったのだろうか。まったく記憶に残っていない。

ここ最近、バタバタしていたので、ぐっすり眠っていたのだろう。

隣で眠るアルウィンの寝顔を見ながら、もう少し眠ろうかと思った瞬間、廊下から声がかけられる。

「エルーシア様、おはようございます」

「お、おはよう」

今日は爵位継承の儀式に参加するため、朝から身を清めないといけないらしい。

そんなわけで、いつもより早い起床となったようだ。

侍女達の顔をひとりひとり見ながら、感謝の言葉を伝える。

「みなさん、いつもありがとう」

なぜだか、この言葉を今、伝えなければならないと思っていたのだ。

侍女達はやわらかく微笑み返してくれる。

さあ、新しい一日のはじまりだ。

身なりを整える間、ずっと胸騒ぎがしていた。

なんだか嫌な予感がしたのでクラウスと話をしようと思ったのだが、すでに家を出て行ったらしい。なんでも、早朝より清めの儀式を行うのだとか。

手紙を送るか、と執事が聞いてきたものの、きっと読む暇なんてないだろう。

予知夢で何かみたわけではなく、根拠のないものだった。

儀式を前に緊張しているのかもしれない。

そう自分に言い聞かせた。

着替えたあと、以前、クラウスが贈ってくれた板金鎧について思い出す。

「――あ！」

「エルーシア様、いかがなさいましたか？」

「いいえ、なんでもありません」

今日のドレスは体にフィットした意匠だ。下に板金鎧なんて纏えるはずがない。

どうせ、私の命は尽きかけているのだ。命を守るような対策をしても、無駄でしかない。

出発前に、コルヴィッツ侯爵夫人をお茶に誘った。

正直、お茶なんか飲んでいる場合ではないのだが、どうしてか今、誘わないと後悔しそうだと思ってしまったのだ。

「やっぱりお茶を飲むと落ち着くわね」

「ええ」

コルヴィッツ侯爵夫人も朝から落ち着かない気持ちを持て余していたらしい。私だけではないと知って、内心安堵する。

私とこうしてお茶を囲むことにより、緊張が解れたようだ。

「それにしても、クラウスがシュヴェールト大公位を継ぐなんて、改めて驚きだわ」

「ええ、本当に」

国王陛下の指命だったので、親族も抗議できなかったのだろう。

「でも、親族の中には不満の声もあるようだから、心配だわ」

「お祖母様、大丈夫ですわ。クラウス様のことは、わたくしが守りますので」

任せてくれと胸を叩くと、コルヴィッツ侯爵夫人の表情が和らいでいく。

「そうよね。エルーシアさんがいたら、クラウスはきっと平気よね」

大丈夫と口にしたあとで、罪悪感のようなものが胸を締めつける。

この言葉を、私は近いうちに裏切ることになるだろう。心の中で、ごめんなさいと謝罪した。

太陽が沈み、夜の帳《とばり》が下りていった。

「そろそろ時間かしら？」

「行きましょうか」

「ええ」

馬車に乗りこみ、爵位継承の儀式が行われる大聖堂を目指す。

参加できるのは王族とクラウスが招待した者と親族のみ。シュヴェールト大公家は地方にも分家があり、大聖堂にある座席はほとんど埋まっているようだった。

コルヴィッツ侯爵夫人は入り口に近い席らしい。

「ここでお別れかしら？」

「そうみたいです」

コルヴィッツ侯爵夫人と一緒の席でよかったのだが……。

「不安だったら、一緒に前に座ってあげましょうか？」

「クラウスに怒られてしまいますよ」

「いいのよ。クラウスが怒ったって、怖くなんかないわ」

コルヴィッツ侯爵夫人がいたら心強いが、親族から反感を買ってしまいそうだ。

嫌われるのは私だけでいい。せっかくの申し出だったが、断った。

「ではエルーシアさん、またあとで」

「ええ」

コルヴィッツ侯爵夫人と別れた途端、心細くなってしまう。

先ほどよりも、胸騒ぎが酷くなっているように思えた。

きっと極度の緊張から、そういうふうに思ってしまうのだろう。

こうなったら開き直って、クラウスの晴れ姿を最前列で見るしかない。

親族達の視線がぐさぐさ突き刺さっているものの、堂々たる足取りで席まで歩いて行った。

大聖堂は二十名ほどかけられる椅子が通路を挟んで左右両側に置かれている。その椅子の列が五十ほどあるのだろうか。

私が座る左側は空席である。もしかしたら、クラウスのお父様がやってくるのかもしれない。

クラウスのお父様とはこれまで一度も会っていないのだが、今日、ご挨拶ができるのだろうか。

ドキドキしながら待っていたのだが、出入りするために開放されていた扉が閉ざされてしまった。

まさか、クラウスのお父様は欠席するつもりなのか。息子の晴れ舞台よりも、仕事を選ぶなんて。

考えは人それぞれなので非難できないが、見守っていてほしかった。

枢機卿がやってきて祭壇の前に立ち、祝福の詩を読み始める。

シルト大公家も、代替わりをするときはこの儀式を行うはずだ。父は十八歳のときに継いだし、今のシルト大公家は儀式をする余裕もない。私は初めて爵位継承の儀式を見る。

枢機卿が祝福の詩を読み終えると、大聖堂の入り口が開かれた。同時に、パイプオルガンの演奏が始まる。

聖なる緋色の正装を纏ったクラウスが現れる。腰にはレーヴァテインを佩《は》いていた。

クラウスは堂々たる足取りで祭壇を目指す。

三ヤード以上ある長いマントには、神聖な古代文字が書かれているようだ。いったい何を意味しているのか。

私の隣を通り抜ける瞬間、クラウスはこちらを見て微笑んでくれた。

頑張れ、と心の中で応援する。

クラウスは祭壇の前で片膝をつき、枢機卿は片手を挙げながら宣誓の言葉を読み始めた。

厳かな雰囲気の中、儀式は順調に進んでいると思っていたが、想定外の事態に襲われる。

大聖堂のステンドグラスにヒビが入り、粉々に割れていった。

何事かと戸惑っていたら、祭壇から黒衣の男が飛び出してくる。手にはナイフを握っており、クラウスの心臓を目がけて突き刺そうとした。

「シュヴェールト大公、死ね‼」

クラウスは片膝をついた体勢のまま、レーヴァテインを引き抜き、迫り来るナイフを弾き飛ばした。

それで終わればよかったのだが――。

背後より、猛烈な速さで駆けてくる者がいた。手には、大ぶりの短剣が握られている。

クラウスのマントの上を走り、気付いたときにはすぐ近くまで迫っていた。

あのようにマントを踏んでいては、まともに反応できない。

とっさに、私はクラウスの前に飛び出していった。

「――っ‼」

短剣はクラウスの背中に突き刺さらず、私の胸に深く刺さった。

ここで、私はすべてを思い出す。

「ああ、あなたでしたの」

私を短剣で刺した者――大公位を継ぐはずだったクラウスの従兄ヨアヒム・フォン・ディングフェルダーは驚いた表情を浮かべていた。

視界が真っ赤に染まる。

それは私自身の血と、クラウスがヨアヒムを斬りつけたときに散ったものであった。

クラウスの反応は早かった。私の胸が短剣で刺された瞬間、レーヴァテインでマントを裂き、ヨアヒムを斬りふせたのだ。

ヨアヒムが倒れたのと同時に、大聖堂を警備していた騎士達が駆けつける。

あっという間に拘束されていた。

私はというと、大聖堂の床の上に仰向《あお》けに倒れていた。

たくさん血を吐き、もうすでに虫の息である。

これは短剣を刺されたことによる吐血ではなく、未来を変えてしまった代償だ。これまでもっと も酷いものだった。次から次へと血を吐き、自分の血で溺れそうになっていた。

「エルーシア!!」

クラウスが駆け寄り、私の上体を抱き起こす。さらに、服の袖で私の口元を拭ってくれた。

「どうして、このようなことをした!?」

「クラウス様に、生きていて、ほしかったから」

この世界は幸せに満ち溢れている。

クラウスはこれからもたくさんの人に愛され、生きるべきなのだ。

血がたくさん流れた。胸を深く刺されたし、もう助からないことはわかっている。それを、クラウスもわかっているだろう。私よりも顔色が青くなっているような気がした。

「私は、こんなことなど望んでいなかった！　エルーシアがいない世界など、生きている意味なんてないのに！」

「そんなこと、おっしゃらないで、くださいな」

　力を振り絞り、クラウスの頬に触れる。ひんやりと冷たかった。

「クラウス様を大切に思う人々を、どうか愛してください。それから、コルヴィッツ侯爵夫人にアルウィン、養育院の子ども達、わたくしが教えた花々や、鳥、ハリネズミも……」

　この世界の恩恵と輝きは、クラウスに伝えてきた。彼ならば、視野を広げ、そのすべてを愛してくれるだろう。

　すぐには難しいかもしれないが、時間がきっと解決してくれる。

「エルーシア、先に逝かないでくれ……。お願いだ」

「大丈夫ですよ。生きている限り、人は、命が尽きる存在ですから」

　どうか、悲しまないでほしい。そう、クラウスに気持ちを伝える。

「クラウス様……あなたの人生が、今後、光に溢れていますように」

　心からお慕いしております――という言葉は呑《の》み込んだ。

　彼にとって、愛の言葉は呪いになってしまいそうだから。

　頬に触れていた私の手に、熱い涙が伝っていく。クラウスは泣いていた。

「エルーシア、愛している」

「――！」

わたくしも、と心の中で返した。

その瞬間、全身の力が抜け、クラウスの頬に触れていた手が離れていく。

糸が切れた人形のように、動けなくなってしまった。

「エルーシア？　エルーシア!?」

クラウスの声が、どんどん遠ざかっていった。同時に、舞台の緞帳《どんちょう》が下りていくように、視界が暗くなっていく。

何も、見えなくなった。

◇◇◇

気がつけば、暗闇の中を歩いていた。ここはいったいどこなのか。

凍えるほどの寒さで、先ほどからカタカタと歯を鳴らしてしまう。

しばらく歩いていると、遠くに光の筋が見えてくる。そこを目指したら、この寒さから逃れられるだろうか。

駆け足で進もうとしたら、背後から呼びとめられた。

「――エルーシア、お待ちなさい」

聞き慣れた声がしたので振り返ると、そこには亡くなった母の姿があった。

「お母様!?」

「久しぶりですね」

「え、ええ」

母のもとに駆け寄り、抱きつこうとしたのに、避けられてしまった。

「お母様?」

「あなたが来るべき場所は、ここではありません」

「どういうことですの?」

「あなたを待っている人が、いるはずです」

「わたくしを、待っている人?」

それはいったい誰なのか。

今は、母に会えた喜びを分かち合いたいのに。

「エルーシア、あなたはまだ〝戻れます〟」

「戻れる?」

「ええ。だって、ヒンドルの盾の守護があるのですから」

「ヒンドルの、盾?」

それは以前、シルト大公家の地下宝物庫に回収にいったとき、触れようとしたら消えてしまったのだが。いったいどこにあるというのか。

「そのときはクラウスも一緒にいて――」

口にした瞬間、違和感を覚える。〝クラウス〟とはいったい誰なのか?

「ごめんなさい。よくわからなくなってしまいました」

「エルーシア、胸に手を当てて、彼について、思い出すのです。あなたの、世界でもっとも大切な男性《ひと》を」

「わたくしの、大切な――？」

母に言われたとおり、胸に手を当ててみる。すると、記憶が一気に流れ込んできた。

クラウス・フォン・リューレ・ディングフェルダー。

それは私が心から愛する男性《ひと》。

思い出した、と思った瞬間、胸が光り輝く。

魔法陣が浮かび上がり、そこからヒンドルの盾が出てきた。

「エルーシア、ヒンドルの盾は、ずっとあなたと共に在ったのですよ」

「そう、だったのですね。なぜ、ヒンドルの盾はわたくしと共に在ったのですか？」

「それは、盾の意思でしょう」

私の中にあるのだったら、もっと早く存在感を示してほしかった。ヒンドルの盾が消失し、私がどれだけ焦ったことか。

「それはそうと、とても暖かい」

ヒンドルの盾の近くにいると、体がポカポカとしてくる。先ほどまで凍えていたのが嘘《うそ》のようだ。

「エルーシア、ヒンドルの盾の能力を、覚えていますか？」

「いかなる攻撃も、防ぐこと？」

「ええ。しかしながら、あなたはシルト大公家の爵位を継承していないので、能力が発揮されなかったようです」

正統なヒンドルの盾の持ち主だったら、クラウスを攻撃から守れていたというわけだ。なんとも歯がゆい話である。

「しかしながら、もうひとつの能力は発揮されるようです」

「もうひとつの能力というのは――あ!!」

すっかり忘れていたのだが、ヒンドルの盾の能力は攻撃を防ぐだけではない。

「癒やしの力!?」

「ええ、そう。それは、愛をもって発動される能力なのです」

今際《いまわ》のとき、クラウスと私は初めて、言葉で愛を確かめ合った。そのおかげで、癒やしの能力を使うことができるらしい。

「エルーシア、ヒンドルの盾を手に取るのです。そして、愛すべき者が待つ世界へ戻るのですよ」

ここで初めて、母が言った〝戻れる〟の意味を理解した。

「お母様、ありがとう」

母は微笑み、姿を消した。頰に涙が伝っていく。

ここで泣いている場合ではない。私はヒンドルの盾を手に取る。

すると、眩い光に包まれた。

「――エルーシア!!　エルーシア!!」

クラウスの声で覚醒する。どくん、と体に熱いものが巡っていった。

「あ……クラウス様」

「エルーシア!!」

クラウスが私の手を取った瞬間、ヒンドルの盾が浮かび上がった。

胸に刺さっていた短剣が抜け落ち、傷がみるみるうちに塞がっていく。

「はっ、はっ、はっ――」

奇跡が起きた。私の胸に受けた傷は、完全に癒えたようだ。

ヒンドルの盾は再び消えてなくなる。

「何が、起きているのか？」

「クラウス様!!」

私は勢いよく起き上がり、クラウスに抱きついた。

太陽の光がさんさんと降り注ぐ。それはまるで、私達を祝福しているようだった。

「クラウス様、ヒンドルの盾が、わたくしを癒やしてくれたのです」

「ヒンドルの盾が……？　しかし、それは当主にしか使えなかったのではないか？」

「ええ。もっとも知られている、いかなる攻撃も防ぐ、という力はわたくしには発動されませんでした。しかしながらもうひとつ、ヒンドルの盾には癒やしの能力があったのです」

それを可能とする引き金は愛――そう告げると、クラウスは驚き、そして安堵の表情を浮かべる。

「クラウス様、わたくしはもう大丈夫です」

私の言葉に応えるように、クラウスはぎゅっと抱きしめてくれた。

「エルーシアさん‼」

コルヴィッツ侯爵夫人が駆け寄ってくる。騎士の制止を振りほどき、やってきたようだ。

「お祖母様！」

「あぁっ！」

コルヴィッツ侯爵夫人は涙を流しながら、私とクラウスを抱きしめた。

私も涙で顔がぐちゃぐちゃになりながら泣いてしまう。

ここまでいろいろあったが、なんとか自分の運命を切り開いた。

もう二度と、誰かの思い通りになんてならない。私の人生は、私だけのものだから。

きっとこの先も、困難が訪れるだろう。

けれども、クラウスと一緒ならば、乗り越えられる。

そんな気がしてならなかった。

エピローグ

拘束されたヨアヒムは、全治二ヶ月ほどのケガを負ったものの、命に別状はないという。また意識もあることから、取り調べが始まったらしい。

彼の口から、事件についてさまざまな情報が明らかになった。

すべての騒動の発端は、ヨアヒムによるものだったらしい。

まず初めにイヤコーベに毒薬を渡し、父の意思をねじ曲げて結婚させた。これがすべての始まりだったようだ。

さらにウベルを唆し、兄と接触した上に、私達家族に接近するよう命じたのも彼だった。

なんと、ウベルにシルト大公家を掌握させ、自分はシュヴェールト大公となる。そして、最終的にはシルト大公家を潰し、ふたつの家を乗っ取るつもりだったらしい。

彼は父とイヤコーベの出会いから仕組んでいたという。手口は信じがたいものだった。

イヤコーベとジルケは、シルト大公家を内側から混乱に陥れるために送られた刺客だったというわけだ。

他人を意のままに操るなんて、ヨアヒムはとんでもない男だと思ってしまう。

ジルケによる父の殺害にも、彼が関与していたようだ。

なんでも、ジルケの食事に神経を刺激する薬を混ぜていたらしい。その影響もあり、父を手にかけてしまったようだ。

ジルケだけでなく、イヤコーベの食事にも毒薬が仕込まれていた。彼女らが執拗《しつよう》に私をいじめ、散財を繰り返したのは毒薬の影響が大きいという。

けれどもいくら毒薬のせいとはいえ、自分の意思も重要だということで、情状酌量の余地はない。

私の食事にも入っていたようだが、料理人が変わってからほとんど家族と共に食べていなかった。そのため、悪影響が及ばなかったのだろう。

父の遺体は、ヨアヒムが所有する屋敷の地下に埋められていたという。遺体は運び出され、空だったお墓に埋葬される。

ヨアヒムがしたのはそれだけではない。

兄バーゲンの隣国への旅行を促し、第一王女との出会いを演出し、手を出させた。それを画策したのも彼だった。

当時、第一王女は我が国の王太子との結婚よりも、護衛騎士と共に生きることを望んでいた。さらに第一王女は騎士との子どもを妊娠し、どうしようもない状況にまで追い詰められていた。そんな彼女に、ヨアヒムは兄との騒動を起こすように進言したようだ。

事態は上手い具合に転がり、兄は拘束され、第一王女と王太子の結婚は破談となった。

さらにヨアヒムは隣国の外交官と取り引きし、第三王女と王太子の結婚を提案した。

兄の騒動を我が国の弱みとし、交渉を持ちかけるよう助言したという。

国王陛下は婚姻話に慎重な姿勢を見せていたのだが、時間をかけてはいけないと、第三王女を無理矢理送り込んだという。

その後、ヨアヒムは王妃殿下の襲撃や、私を湖へ落とした事件、クラウスの暗殺計画なども、すべて裏で糸を引いていたらしい。

隣国の外交官や第三王女ですら自分の野望のために利用するなんて……。

彼のせいで、とんでもない目に遭ってしまった。

兄は冤罪だったということで、引き渡しの交渉が行われたらしい。

結果、刑期が縮められ、五年後に帰国できるようだ。

騙されたとはいえ、結婚が決まっていた第一王女に手を出し、ふたつの国の関係にヒビを入れかけたことに変わりはない。しっかり罪を償ってから帰ってきてほしい。

ヨアヒムは拘束され、これから裁判が行われる。死刑になる確率が高いようだが、まだ判決は出ていない。

私達に危険が迫ることは二度とないだろう。

◇◇◇

何もかもが落ち着いたあと、クラウスに私の能力について打ち明けた。

以前、軽く話してあったが、しっかり説明するのは初めてだ。

突拍子もない話であったが、彼は信じてくれた。

「エルーシアの能力には、何度も助けられたからな。ずっとひとりで抱えて、辛かっただろう？　もっと早く、詳しく聞いていたら――」

「いいえ。わたくしは大丈夫でした。困ったときには、いつも傍にクラウス様がいてくださったから」

私の言葉を聞いたクラウスは、今にも泣きそうな表情を浮かべる。そんな彼の手を、優しく握った。

「なぜ、わたくしにこのような能力があるのかわからないのですが」

「予知夢、か。エルーシアのご母君の実家の家名を聞いてもいいだろうか？」

「お母様のご実家？　ヴィクトゲンレン家ですが」

「ヴィクトゲンレン家……」

クラウスは顎に手を添え、考え込むような仕草を取る。

「ああ、思い出した。ヴィクトゲンレン家は六世紀ほど前に、王家に仕えていた、霊媒能力に秀でた一族だ」

「れ、霊媒能力、ですか？」

「ああ」

なんでも占いや未来予知を武器とする一族だったらしい。

記録が残っているというので、詳しく調べた。

ヴィクトゲンレン侯爵家――それは他の家にはない、特別な方法で王族に取り入った一族だという。

中でも、〝千里眼〟と呼ばれる未来を先読みする能力は、国を繁栄に導いたらしい。

ヴィクトゲンレン家の地位は確固たるものだと思われていたが、世継ぎに恵まれず、血はだんだんと薄くなり、ついには能力を持たない者ばかり生まれてしまう。

三百年も経てば、ヴィクトゲンレン家の奇跡など皆忘れ、王族からも遠ざけられていった。

つまり、私の能力は先祖返りだったわけだ。

さらに調査していくと、ヴィクトゲンレン家の者達は揃って短命だったことを知る。それは能力を使ったことによる代償だろう。

ただ、能力を使っていないヴィクトゲンレン家の者達も短命だった。

その原因は野心家だった当時の当主が、子孫の寿命と引き換えに能力を使ったことによる、呪いのようなものだったらしい。

先祖の勝手な行動のせいで、母は若くして命を散らしてしまった。

私にもその呪いが引き継がれていたようだが、ヒンドルの盾が守ってくれたようだ。

ヒンドルの盾はいまだ、私の体内にある。この先も、呪いを断ち切ってくれるのだろう。

クラウスが協力してくれたおかげで、予知夢の謎についても解明された。

◇◇◇

これまでの功績が認められ、クラウスに〝護国卿《ロードオブプロテクター》〟の称号が贈られることになった。それは王族に次ぐ、名誉な地位だ。

護国卿はシュヴェールト大公家とシルト大公家がひとつの家だった時代に、当主が担っていたものでもあった。

つまり、ふたつの一族は長い時を経て、ひとつに戻るのだ。

これからクラウスはシュヴェールト＝シルト大公と呼ばれるのだろう。

クラウスが自らの手で摑んだ奇跡に、私は涙が止まらなくなる。

私だけでなく、クラウスの運命も大きく変わったのだ。

◇◇◇

私達が抱えていた問題が解決し、やっとのことで結婚式の当日を迎えた。

どれだけこの日を待ち望んでいたのか。私だけでなく、クラウス自身もそうだという。

ついに今日、私達は夫婦となるのだ。

コルヴィッツ侯爵夫人は結婚式を楽しみにするあまり、昨晩は一睡もできなかったらしい。朝食後、眠くなったというので、仮眠してもらっている。

私は朝から着飾ることに時間を費やしていた。

今日のために、侍女達は気合いたっぷりでいた。すっかり打ち解けたネーネも、一生懸命身支度を整えてくれる。

朝から五時間以上かけ、私は婚礼用のドレスを纏ったのだ。

コルヴィッツ侯爵夫人と作ったドレスは、たっぷり時間をかけたため、当初の予定以上に贅《ぜい》が尽くされたものとなっていた。重さも想定以上である。なんとか頑張ろうと、心の中で誓ったのだった。

その後、やってきたクラウスも、目の下に濃い隈を作っていた。コルヴィッツ侯爵夫人同様、眠れなかったようだ。

「クラウス様も、少し眠ってください」

「いや、目が覚めた。エルーシア、きれいだ」

「はいはい」

眠っていない人の言葉なんて信用できない。

幸い、クラウスは髪を整える前だったので、少しならば仮眠できるだろう。

長椅子に腰かけ、膝をぽんぽん叩く。

「膝枕を貸して差し上げますので、少しの間でもいいので眠ってくださいませ」

「眠るのはいいが、膝枕になんかしたら、ドレスに皺が寄るだろうが」

「幸い、このドレスは屈強な刺繍が入っていて、騎士の剣も通さないかと思われます」

クラウスが少し寝た程度で、皺になるはずがない。そんなことよりも、つべこべ言わずに横になるよう言った。

膝にクッションを置き、再度ぽんぽんと叩く。すると、クラウスは抵抗を諦めたのか、横になってくれた。

「寝心地はよくないかもしれませんが」

「いや、最高だ」

クラウスの頬を手の甲で撫でているうちに、眠ってしまったようだ。

眉間に皺が寄っていたので、指先でぐいぐいと伸ばしておく。

途中、アルウィンがやってくる。鳴きそうな気配があったので、彼の鼻先に指先を当てて、静かにするようにと促した。

今日はアルウィンまで首に上等なリボンを結び、めかしこんでいた。

ベルベットの薄紅色のリボンがよく似合っている。

すてきね、と褒めながら撫でてあげると、目を細めていた。

こうして家族に囲まれていると、安心してしまったのか、眠くなってしまう。

アルウィンのゴロゴロと喉を鳴らす音を聞きながら、私は目を閉じた。


ここ最近、熟睡ばかりしていた私が、久しぶりに夢をみた。

それは、小さな赤ちゃんを抱く、クラウスの姿である。

「この子の名前は、高潔《アーディ》な男にしよう」

珍しく満面の笑みを浮かべ、クラウスは我が子に命名する。

これ以上ない、幸せな夢だ。

「あ――」

瞼を開くと、逆に私がクラウスの膝を借りて眠っていたではないか。

「クラウス様、目を覚ましたのならば、起こしてくれたらよかったのに！」

「幸せそうに眠っていたから、起こせなかったんだ」

「まあ！」

クラウスの手を借りて起き上がり、彼の服に皺などできていないか確認する。

「エルーシアは天使の羽根ほどの重さしかないのだから、皺なんて付くはずがないだろう」

「クラウス様、あなたの言う天使は、六十ヤードほどの身長がある、超巨大天使なのですか？」

「そんなわけない」

冗談はこれくらいにして。服は問題ないようで、ホッと胸をなで下ろす。

「それはそうと、なんの夢をみていたんだ？」

「秘密です」

いつか訪れる、約束された幸せな未来――それに関しては、お楽しみにしておこう。

「その日が訪れたら、クラウス様にお話しします」

「わかった。覚えておこう」

契約書でも書かされるのではないか、と思っていたが、クラウスは私の腰を抱き寄せ、ぐっと接近する。

「もしや、誓いのキスですの？」

「そうだが」

結婚式の前に、わざわざする必要なんてあるのか。疑問でしかなかったものの、ふたりでひっそり誓い合うキスもいいだろう。

そう思い、抵抗せずにいた。

クラウスは軽く触れるだけのキスをする。

世界一幸福に満ちた、誓いの口づけであった。

◇◇◇

コルヴィッツ侯爵家の庭で、私達はささやかな結婚式を執り行う。

もっと大きな会場で、という声もあったものの、大聖堂であった事件は私達の中で心の傷となっていた。

そのため、結婚式は大切な人達だけを招いて、ひっそり行うことに決めたのだ。

庭に広げられた真っ赤な絨毯《じゅうたん》の上を、クラウスと共に歩いて行く。

コルヴィッツ侯爵夫人は瞼を腫らし、大号泣である。侍女達やネーネも目を真っ赤にさせ、涙していた。国王陛下と王妃殿下はにこやかに私達を見守ってくれる。

クラウスの仕事人間な父親も、今日ばかりは参列していた。

神父と参列者の前で永遠の愛を誓う。

結婚指輪は、アルウィンが運んできてくれた。

最後に、誓いの口づけを行う。クラウスが衆目の前でキスするなんて恥ずかしい、と言っていたので、頬にする予定だった。

それなのに、それなのに、ヴェールを上げたクラウスは、あろうことか唇にキスをする。

恥ずかしいと言っていたのは、どの口だったのか。

参列者達はワッと沸き、拍手が巻き起こる。

夢のような光景を前に、私は幸せだと思った。

そんなわけで、私はかねての目標通り、クラウスと結婚した。

彼と共に歩む人生は、光に満ち溢れていたのだった。

完

エルーシアが誕生日に望むもの

ある晴れやかな午後、クラウスと一緒にお茶を飲んでいたら、思いがけない質問が投げかけられた。

「二週間後は、エルーシアの誕生日だな。何が欲しい？」

クラウスの言葉で、もうすぐ誕生日だったことを思い出す。

母が亡くなってからは喪中でパーティーなんてしなかったし、その年以降はイヤコーベやジルケがやってきたので、誕生日など祝ってもらっていなかった。そのため、すっかり忘れていたのだ。

「結婚して、初めての誕生日だから、エルーシアが世界一喜ぶ物を贈りたいと思っている」

何か欲しい物があるだろう、と言われても、特に何も思いつかない。

「わたくしはクラウス様とアルウィン、それからお義祖母《ばあ》さまがいたら、何もいりませんのに」

「そういうことでなくて、何か、手にしたい物があるだろうが」

「うーーーーーん」

ドレスも、帽子や靴も、宝飾品なども、クラウスがこれまでたくさん贈ってくれた。

これ以上、望む物なんてないのに。

「領地に城でも建てるか？　エルーシア城とでも名付けて」

「恥ずかしいです。それにお城なんて必要ありません」

「だったら、船でも造ろうか？」

「わざわざ造る必要はないと思います」

贈り物の規模が大きすぎる。なぜ、そのようにとんでもない品物を贈りたいと考えるのか。

「ひとつくらい、無理だと思っても欲しい物があるだろう？　たとえば、隣国あたりとか」

「まあ、なんて物騒なことをおっしゃるの」

私が望んだら、クラウスは国をも侵略し、贈ってくれるというのか。

呆れて言葉も出てこない。

ここで何か望んでおかないと、とんでもない物をサプライズで用意しそうだ。

かといって、ドレスや宝飾品といった、いつでも手に入るような品では納得しないだろう。

腕組みし、考えた結果、名案を思いついた。

「そうですわ！　わたくし、お店が欲しいと思っていましたの！」

「どこの店を買い取るんだ？」

「そうではなくて、わたくし達のお店です」

「ん？」

以前、クラウスと話したことがある、パンケーキのお店について話す。

「なるほど。王都にパンケーキ専門店をオープンさせ、経営したいというのか」

「違います。お店は王都ではなく、領地の村の片隅がいいです。小さなお店を開いて、営業は気まぐれで、クラウス様がパンケーキを焼いて、わたくしが給仕係、アルウィンが看板猫をするのです」

「ああ、なるほど。思っていたよりも小規模なのだな」

「ええ。クラウス様はお忙しいので、ひっそりとした場所とお店がいいと思いまして」

「エルーシアのためならば、時間などいくらでも作るが」

ただでさえ忙しい人が作る時間なんて、睡眠時間を削る以外に思いつかない。

長生きしてほしいので、無理をして私のために時間なんて作らないでほしいと願う。

「お店の建設計画などは、わたくしにお任せください」

「金だけ出せ、ということなのか？」

「ええ！」

クラウスに任せていたら、宮殿のようなお店を作りかねない。

それだけは絶対に阻止したいので、お店作りは任せてもらうように願った。

「わかった。エルーシアが望むのならば、そうしてくれ」

「クラウス様、ありがとうございます。とても嬉しいです！」

そんなわけで、私はパンケーキ店の建設計画を始めることにしたのだった。


半年後——私達は村の領地の片隅に、小さなパンケーキ店をオープンさせた。

店内の客席数は十に満たないという、小規模なお店である。

宣伝もしていないので、お客さんは通りすがりの村人がちらほら立ち寄るくらい。

おいしいと噂になっていたようだが、不定期営業なので、村人がやってきたときには閉まっていることが多い。

そのため、お客さんが押し寄せることはなかった。

メニューはシュガーバターパンケーキの一種類だけ。

それに、ジャムやクリームなどのトッピングを追加注文する。

素朴でおいしいと評判だった。

私達は領主夫婦ではなく、旅商人の夫婦として名乗っていた。そのため、長い間不在でも、誰も怪しまないのだ。

正体がバレないよう、村人に扮《ふん》するのも楽しい。

クラウスはすてきな物を贈ってくれた。

私は世界一幸せだと言えるだろう。

◇◇◇

「おい、ロッジ、今日も店に行くのか？」

「ああ」

「お前も飽きないなあ」

「どうしても気になるからな」

村の片隅に、パンケーキなる食べ物を売る店がオープンしたらしい。村の女どもがおいしいと噂しているのを、何度か耳にした。

パンケーキのおいしさよりも、あることが気になっていたのだ。

なんでも、給仕係の女がたいそうな美人らしい。

たしかめなくては、と何度も通っているものの、不定期営業のようで、めったに開いていない。

美人といっても、村での美人なので、たかが知れているだろう。ただ、あまりにも皆が皆、口を揃えて美人だというので、どうしても気になるようになってしまった。

根気強く通った結果――ついにその美人を目にすることができた。

ある日、さほど期待もせずに店に立ち寄ってみたところ、店の前を掃除している女がいた。

ひとつに結んだ金色の髪をなびかせつつ、枯れ葉を箒で掃いている。

顔を上げた瞬間、ハッとなった。

その女は、とんでもない美人だったのだ。

こちらに気付くと、にっこりと微笑みかけてきた。

「おはようございます」

「あ、ああ」

こんな美人に微笑みかけられるなんて、生まれて初めてである。

もしかして、俺のことが好きなのだろうか？

「店内でお召し上がりですか？」

昼間から誘ってくるなんて、とんでもなく大胆な女だ。

まあ、嫌いではない。むしろ大歓迎だ。

「開店前ですが、どうぞ」

誰もいない隙に、楽しもうと言っているのだろう。

仕方がないから付き合ってやる。

そう思い、店内へと足を踏み入れた。

中はカーテンで閉ざされていて、薄暗い。

適当な場所に腰かけようとした瞬間、テーブルの下から気配を感じた。

ゾッとした瞬間、妙な鳴き声が聞こえる。

「しゃあああああ〜〜〜〜」

デカい黒猫が顔を覗かせ、牙を剝いたのだ。

大きな瞳がぎらりと光る。

「ヒッ!!」

慌てて立ち上がり、厨房のほうへと駆け込む。

しかしながら、そこでも何かの気配があった。

「……誰だ?」

厨房に立っていたのは、血まみれの包丁を握った男である。

エプロンには返り血のようなものが大量に付着していた。

やられる。そう思った瞬間には、叫んでいた。

「ぎゃああああああ!!」

恐ろしくなって、そのまま裏口を通って逃げる。

美人は惜しいが、あの店は不気味過ぎる。

二度と近寄らないことを誓った。

◇◇◇

気持ちのいい朝――私はお店の前の枯れ葉を掃く。この地味な作業が楽しいのだ。

今日は朝一番からお客さんがやってきた。

けれどお店のほうへ通したはずなのに、店内はもぬけの殻である。

「ねえ、アルウィン。お客さんは？」

「にゃあ？」

アルウィンも知らないようだ。

厨房を覗き込み、クラウスに質問する。

「ねえ、クラウス――きゃあ！」

クラウスは血まみれの状態で私を振り返る。

「どうして血まみれですの？」

「今朝方仕留めたイノシシをさばいていた。包丁を入れる場所を間違って、このようになった」

「気を付けてくださいませ。それよりも、お客さんを中へご案内したのに、姿がなくて。ご存じではない？」

「ああ、それらしき男がいたが、俺を見て逃げて行った」

「まあ！」

怖い思いをさせてしまったようだ。申し訳なくなる。

「血まみれパティシエの噂が広まったら、どうしましょう」

「別に、ここはエルーシアと俺の店だから、客が来なくとも問題はない」

「問題ばかりです！」

せっかく可愛い看板猫とおいしいパンケーキがあるのに、お客さんはあまり立ち寄らない。

まあ、それでもいいか、と思いつつ、静かに営業しているのだった。

秘書官チャールズ・バーレの、
クラウス見守り記録

わたくしめは幼少期より、クラウス様のお目付役に任命され、傍でご成長を見守っておりました。

クラウス様は黒い御髪に赤い瞳を持って生まれたことから、悪魔のようだ、と囁かれることが多く、わたくしめも心を痛めておりました。

クラウス様ご自身は「気にしていない」とおっしゃっておりましたが、そんなわけはありません。誰にも見せない心の奥底で、傷ついているのは明らかだったのです。

わたくしめができることと言えば、クラウス様を悪く言う者を遠ざけたり、忠告したりすることくらいでした。

クラウス様はもともと感情を表に出さない性格でしたが、年々心を閉ざし、口数が少なくなる一方だったのです。

誰か、クラウス様の心を守ってくれるような御方との出会いがあればよかったのですが、都合よく現れるわけもなく……。

クラウス様は年頃になると騎士になるために家を出て、剣の修業に明け暮れていたそうです。

わたくしめはクラウス様についての風の噂を小耳に挟みつつ、シュヴェールト大公家での勤務を続けておりました。

クラウス様の剣技の腕前は相当なものですから、立派な騎士様になるのだと確信しておりました。

しかしながら、信じがたいことに、騎士にふさわしくないと見なされ、実家にお戻りになられたのです。なんでもクラウス様は集団行動に向いておらず、騎士の和を乱す存在と見なされてしまったそうで……。

ただ、国王陛下は極めて優秀なクラウス様を放っておきませんでした。すぐに鉄騎隊の一員として任命されたのです。

ああ、これで安心して隠居できる。なんて考えていたわたくしめに、クラウス様は「秘書になれ」と命令されたのです。

この老いぼれは以前のようには役に立たない。そう申したら「働きに期待はしていない」と返されてしまいました。

もしかしたら、幼少期から馴染《なじ》みのあるわたくしめがいたら、クラウス様は安心して鉄騎隊の任務に就けるのかもしれない。そう思いまして、引き受けたのです。

それからというもの、クラウス様は若さに任せて……言い方は悪いかもしれませんが、がむしゃらに働いていたように思います。

休んでくださいと進言しても、なかなか聞き入れてもらえず……。

そのような生き方をしていたら、いつか体と精神が悲鳴をあげてしまう。

そんなわたくしめの苦言も、「心配するな」の一言で片付けてしまわれるのです。

どうしたものか……と悩んでいたら、ある日からクラウス様に変化が訪れました。

届いた手紙を見た瞬間、素早く受け取り、ペーパーナイフを取り出す時間ももったいないのか、手でビリビリと封筒を破って手紙を読み始めました。

便箋に穴が開くのではないのか？　というくらい手紙を見つめ、最後にほんの少しだけ口角を上げたのです。

それは初めて拝見した、クラウス様の微笑みでした。

手紙の差出人には〝エル〟とだけ書かれておりました。筆跡からも推測できたのですが、間違いなく女性です。

ついに、クラウス様に春が訪れたようでした。

それからというもの、クラウス様の変化は明らかでした。

口数が多くなり、表情はやわらかくなりました。しっかり睡眠を取って、休日はどこかにふらっと出かけ、楽しそうな空気をまとって帰宅する日もございました。

すべてエル様がもたらしたものです。そんなクラウス様を見守るのが、どれだけ嬉しかったか……。

いつかエル様とお会いしたいけれど、わたくしめごときが紹介なんてされるわけがない。なんて考えておりましたのに、クラウス様はわたくしめをエル様に紹介してくださいました。

想像していたとおり、エル様は春のように華やかな雰囲気を持つ女性で、澄んだ青空のような瞳がとても印象的でした。

クラウス様の凍り付いていた心を、エル様がゆっくりゆっくり溶かしてくださったのでしょう。

エル様をご紹介いただいたその日から、わたくしめもコルヴィッツ侯爵夫人邸で働き始めました。

以前、ここの屋敷を訪問したさいは、ただただ広いばかりで寂しいところだ、という印象しかありませんでした。

しかしながら現在は、温かな雰囲気で明るく過ごしやすい屋敷だ、と感じております。

これらも、エル様がもたらした変化だったのでしょう。

そんなコルヴィッツ侯爵夫人邸での暮らしは、驚きの連続でした。

クラウス様は毎日、鉄騎隊の報告書や父君から譲り受けた領地関係の決裁など、さまざまな書類に目を通さなければなりませんでした。寝る間も惜しんで働き、休むように言っても聞き入れませんでした。

けれども今は、執務部屋にくつろぐエル様がいらっしゃり、クラウス様が働きすぎると「休憩しましょう」と提案してくださるのです。

クラウス様はエル様の言葉を素直に聞き入れ、仕事の手を止めてくださいます。

奇跡のような場面を目撃し、神に感謝するように手を合わせてしまったのは言うまでもありません。

エル様との時間を過ごすクラウス様は、どこにでもいるごくごく普通の青年のようでした。

それはわたくしめが見てみたかった、夢のような姿だったのです。

エル様のおかげで、クラウス様は普通の人でいられる。それがどれだけ嬉しかったか……。

もう、人生に悔いなどないと思ってしまうくらいでした。

今日もクラウス様は、エル様と一緒に庭いじりをされております。エル様を見つめる横顔はとても幸せそうで、わたくしめまで満たされた気持ちになってしまいます。

これからもクラウス様とエル様には仲良く暮らしてほしい。

そう強く強く願ってしまったのでした。

あとがき

こんにちは、江本《えもと》マシメサです。この度は『死の運命を回避するために、未来の大公様、私と結婚してください』の下巻をお手に取ってくださり、誠にありがとうございました。

この物語を書いた当初は、まさか、このような上巻、下巻、同時発売という形でお届けできるとは夢にも思っていませんでした。

デビューしたときから、物語を最後までお届けする、ということに関しては誰よりも貪欲でありたいと考えておりました。

そのためこうして完結まで刊行いただけるということは、私にとってこれ以上ない大きな喜びでもあります。

最後まで出そう、とご判断いただきました出版社様には、言葉では言い尽くせないほど感謝をしております。

本当に本当に、ありがとうございました。

そして、『死の運命を回避するために、未来の大公様、私と結婚してください』はコミカライズも決定しております。

これからさまざまなシーンを漫画で読めるようで、とても楽しみです！

連載が始まる日を、わくわくしながら待っていようと思います。

最後になりましたが、読者様へ。
物語をラストまで見守っていただき、ありがとうございました！
読者様あっての私ですので、いつもいつでも感謝の気持ちでいっぱいです。
また、別の物語でお会いできる日を、心から楽しみにしております。

Niμ NOVELS

好評発売中

売られた聖女は異郷の王の愛を得る

乙原ゆん

イラスト：ここあ

生涯をかけてあなたを守ると誓おう

とある事件がきっかけで、力が足りないと聖女の任を解かれたセシーリア。

さらには婚約も破棄され、異国フェーグレーンへ行くよう命じられてしまう。

向かった加護もなく荒れた国では王・フェリクスが瘴気に蝕まれ倒れていた。

「聖女でなくても私の能力を求めている人の役に立ちたい」

苦しむ彼を見てセシーリアは願い、
魔力切れを起こすまで浄化の力を使うとなんとか彼を助けることに成功。

「どうかこの国の力になってほしい」

誠実に言葉をかけてくれるフェリクスとの距離は徐々に縮まり、
心を通わせるようになるけれど……！？

ファンレターはこちらの宛先までお送りください。

〒110-0015　東京都台東区東上野2-8-7
笠倉出版社　Niμ編集部

江本マシメサ 先生／冨月一乃 先生

死の運命を回避するために、未来の大公様、私と結婚してください！下巻

2023年12月1日　初版第1刷発行

著者
江本マシメサ

発行者
笠倉伸夫

発行所
株式会社　笠倉出版社
〒110-0015　東京都台東区東上野2-8-7
[営業]TEL　0120-984-164
[編集]TEL　03-4355-1103

印刷
株式会社　光邦

装丁
AFTERGLOW

Niμ公式サイト　https://niu-kasakura.com/

ISBN　978-4-7730-6433-9
Printed in Japan